MIMI

JEAN-MICHEL DÉCUGIS, PAULINE GUÉNA
et MARC LEPLONGEON

MIMI

BERNARD GRASSET
PARIS

ISBN 978-2-246-81532-7

« Mettre deux images côte à côte, cela s'appelle déjà la création, mademoiselle Marie. »

Jean-Luc GODARD, *Je vous salue Marie*

« Tu ne te doutes pas de ton bonheur, reprit le journaliste après une pause. Tu feras partie d'une coterie dont les camarades attaquent leurs ennemis dans plusieurs journaux, et s'y servent mutuellement. »

Honoré DE BALZAC, *Illusions perdues*

L'image représente une femme âgée debout derrière une table ouvragée couverte de dossiers. On devine qu'il s'agit de l'Élysée, du bureau du président. À droite, une source de lumière blanche, hors cadre – c'est peut-être un jour de printemps. Le modèle sourit d'un air juvénile, ou joyeusement provocateur. Levant les deux mains, elle fait le V de la victoire.

Quand la rumeur se propage dans les sphères bien informées que circule un portrait d'elle dans le bureau du président de la République, Michèle Marchand, Mimi, ainsi qu'elle se fait appeler, est la première au courant. Comme toujours. C'est pour cela qu'elle est la meilleure, c'est pour cela qu'on la craint et qu'on la courtise : parce qu'elle sait tout avant les autres. « Quinze jours en moyenne », évalue-t-elle avec sérieux devant nous, comme s'il s'agissait d'une science exacte.

Cette fois pourtant tout est différent, car l'objet de la rumeur, c'est elle. La femme qui vit du commerce des secrets, qui depuis plus de vingt ans expose dans la presse les images intimes des autres, tous les autres – les puissants, les vedettes de cinéma et les starlettes de la téléréalité, les demi-mondaines et les sportifs, les politiques, aussi, bien sûr –, tombera-t-elle pour une photo ? L'histoire serait-elle si cruelle ?

Alors, elle cherche. C'est une des choses qu'elle fait le mieux : trouver l'information, dénicher la source. La photo a été prise de son téléphone portable. Elle sait à qui elle l'a envoyée. « Cinq personnes, que des intimes », assure-t-elle, candide, prouvant qu'on n'apprend pas des erreurs d'autrui. Elle a pourtant vu défiler sur son écran des centaines de paparazzades de couples clandestins, des sex-tapes, des instantanés de bébés adoptés ou de visages de stars abîmés par les coups… tant de secrets, inavouables, gluants ou même parfois heureux, qui n'avaient été confiés eux aussi qu'à quelques intimes et qui avaient fuité à toute vitesse jusqu'à elle. Pourquoi ferait-elle exception à la règle ? Elle s'obstine, réclame les téléphones de ses collaborateurs, vérifie leur messagerie. Peine perdue. Le cliché est partout, déjà. Quand il nous arrive, deux autres rédactions l'ont aussi, et ça ne va pas s'arrêter là.

« Je vous empêcherai de la sortir », lance-t-elle, bravache, la première fois que nous la rencontrons. Puis elle tempère, pensive : « Peut-être que je n'en aurai pas besoin, après tout. Le patron sait qu'elle existe, cette photo. » Le patron, c'est Emmanuel Macron, qui n'est pas content du tout et auprès de qui elle s'emploie par le biais de son entourage et, surtout, de sa femme Brigitte, à déminer le terrain. Mimi va tenter de passer entre les gouttes. Elle raconte qu'il lui aurait dit : « Vos ennemis sont mes ennemis. »

Deux journaux publient la photo compromettante : *Le Point*, sur son site Internet, le 7 mai 2018, et *Le Canard enchaîné* le 9. Pour nous, les conséquences sont immédiates : le cabinet de la première dame nous accorde le rendez-vous que nous demandions en vain depuis plusieurs mois.

Sur l'image, elle est debout – le détail paraît avoir son importance, elle insiste : « Je ne me serais jamais permis de m'asseoir. Jamais », du ton dont on affirme qu'on a des limites, tout de même… « C'était avant qu'Emmanuel Macron modifie l'organisation de la pièce. Il s'agit de l'emplacement précédent. Et d'ailleurs, c'est le bureau de représentation. Tout le monde sait que le président n'y travaille pas », tempère Pierre-Olivier Costa, le directeur de cabinet de la première dame. Il est pourtant couvert de documents. Pierre-Olivier Costa ajoute : « N'importe qui peut se faire prendre en photo là. Les Macron sont très ouverts. Ils font tout visiter, sauf leurs appartements privés. Tout le monde a sa photo derrière le bureau. Mon neveu par exemple. » Mais pas les enfants d'une classe de Pantin à qui on a refusé une visite quelques jours auparavant, au motif qu'ils risquaient de « gêner la circulation du couple ».

En coulisse, on ricane et on prend les paris sur le temps qui reste à Mimi. Mais ils ont peut-être tort de la donner perdante ; elle est de la trempe de ceux qui survivent. En juin 2018, elle annonce à l'AFP qu'elle a porté plainte au pénal pour atteinte à l'intimité de la vie privée. L'information sort sans que la plainte soit rendue officielle par le parquet.

Ce V de la victoire salue sans doute l'élection de celui qu'elle a accompagné presque un an dans sa campagne. Il célèbre aussi, avec un mélange de malice et de provocation, une joie retenue à la commissure des lèvres mais visible dans l'œil pétillant, son propre triomphe, à elle, celui d'une femme qui a tout connu, les dancefloors des boîtes de filles, les rédactions de journaux à scandale, les bars où l'on remet des enveloppes aux informateurs, mais aussi les routes interminables qui sillonnent les banlieues de Los Angeles dans les années 1980. Et même la prison. Une femme qui se trouve enfin, à soixante et onze ans, au cœur du pouvoir.

Les gradins d'un meeting, en pleine campagne. Les spectateurs, parmi lesquels on reconnaît Brigitte Macron, sont de profil, le regard dirigé vers la scène où l'on devine que tout se passe. Seule une femme aux cheveux courts fixe l'objectif qui la capture, lèvres pincées et regard noir.

Michèle Marchand, ongles laqués de rouge – manucure chez Carlota, un petit salon du 8e arrondissement où, comme dans un roman du XIXe siècle, les femmes de pouvoir se retrouvent pour deviser. On y croise Carla Bruni, Delphine Arnault, Rachida Dati... Portant d'inutiles lunettes de soleil, vêtue avec discrétion de couleurs sombres, elle sort d'un taxi qui s'arrête à quelques mètres de l'Élysée, passe le portique de sécurité puis contourne, comme tous les visiteurs, la cour d'honneur où l'on ne doit pas perturber l'ordonnancement des graviers. C'est une grise journée d'hiver, elle avance tête baissée, rapide. En haut des marches, un majordome l'accueille et la dirige, à gauche, vers l'aile réservée à la première dame. Sous la présidence de François Hollande, Valérie Trierweiler, ancienne journaliste qui partageait la vie du chef de l'État, y avait cinq collaborateurs jusqu'à ce que l'affaire Gayet l'éclipse, en 2014. Avant elle, Carla Bruni en avait huit. Brigitte Macron, elle, n'en a que trois : un chef et un directeur de cabinet, et leur collaboratrice. Mais elle bénéficie aussi des services de cette conseillère de l'ombre, au rôle informel, qui l'accompagne depuis la campagne, invisible dans l'organigramme, comme elle a toujours tenu à être anonyme dans les « ours » des magazines. Mimi pénètre dans le bureau d'angle. Les tentures murales rayées de vieil or ont pris un coup. Des angelots fatigués veillent au plafond. Deux grands bureaux vitrés, perpendiculaires, sont couverts de documents de travail.

Ces réunions ont lieu le jeudi matin. Mimi y discute de questions de communication avec le cabinet et, parfois, avec la première dame elle-même. Les Macron, échaudés par une campagne douloureuse – pour l'épouse du président, surtout, sans doute –, se préoccupent beaucoup de leur image publique. « Je viens toutes les semaines », affirme Mimi. « On ne l'a pas vue depuis quoi… au moins un mois, non ? » s'interroge tout haut Tristan Bromet, le jeune chef de cabinet, avant l'été. « Elle est là tous les quinze jours », propose quant à lui Pierre-Olivier Costa, qui ajoute : « On la fait rentrer par la grande porte parce qu'on n'a rien à cacher. »

Revenons un peu en arrière : Mimi rencontre les Macron à un moment critique de leur campagne, au début du printemps 2016. Bien peu de gens encore croient le succès possible. Emmanuel Macron n'est pas connu du grand public. Des rumeurs d'homosexualité courent : sa femme étant plus âgée, il ne peut s'agir que d'une couverture. Il porte deux bagues, une à chaque main, comme Richard Descoings, feu le directeur de Sciences Po – ne sont-ce pas deux alliances ? Tout le monde y va de sa supposition. Brigitte souffre qu'on nie la réalité de son couple. Pour vivre cette histoire avec un lycéen de vingt-quatre ans son cadet, elle a affronté bien des tempêtes. Ni les ragots sifflants d'une ville de province, ni la réprobation plus ou moins silencieuse de ses collègues, ni la fureur de la famille de Macron ou l'embarras de la sienne, ne l'ont fait reculer. Aujourd'hui, de toutes les blessures reçues par amour, la plus douloureuse est peut-être qu'on n'y croie pas, à cet amour. Quand les attaques et les on-dit commencent, bruissants, abjects mais banals en campagne, suffisants pourtant pour mettre en péril la course d'Emmanuel Macron vers le pouvoir, Brigitte ne trouve plus le repos. Cela l'obsède. Elle en parle à tout le monde. Elle souhaiterait que son mari prenne position publiquement, qu'il affirme son amour pour elle. Elle le veut pour des raisons politiques – une rumeur d'homosexualité cachée risque, de nos jours encore, d'étouffer dans l'œuf une ambition présidentielle –, mais aussi intimes : il faut qu'on sache qu'elle est aimée. Elle le dit aux maquilleuses, aux journalistes, aux amis, aux courtisans. Cela ne suffit pas. Le bruit se répand qu'il existe des photos compromettantes d'Emmanuel Macron avec un homme, prises boulevard du Montparnasse. La précision et les détails donnent du crédit à la nouvelle. Brigitte est persuadée qu'elles existent bien, elle dit qu'Emmanuel est tactile et qu'il est facile de faire dire n'importe quoi à une image.

Xavier Niel, qu'elle a rencontré par l'intermédiaire de Pascal Houzelot, l'ancien propriétaire de la chaîne Numéro 23 – également « un grand ami » de Mimi, selon les mots de cette dernière –, promet de se renseigner. La tâche est simplifiée par le panorama actuel de la presse française : 90 % des journaux appartiennent à dix grands patrons et Niel les connaît tous – deux d'entre eux habitent la même rue que lui, à Paris. Il les appelle. Chacun a connaissance de ces photos, personne ne les a vues mais tous les croient réelles. Au terme de son petit tour de piste, Xavier Niel rappelle Brigitte et lui fait part de son diagnostic : les photos n'existent pas. Mais elle a quand même un problème. « Qui s'occupe de toi pour la presse ? »

Brigitte, en mission commandée, a récemment accordé une interview à *Paris Match*. La une du journal présente le couple en grande tenue sur le tapis rouge de la cour élyséenne. À l'intérieur, au fil des pages, s'étalent des photos de famille et une interview complaisante dans laquelle la future première dame apparaît toute dévouée à la carrière de son époux. Les réactions à cette mise en scène de l'intimité d'un homme politique – classique mais un peu maladroite – ont été globalement négatives. Emmanuel Macron, qui est encore ministre, réagit publiquement et lâche sa femme : « Mon épouse, à laquelle je tiens beaucoup, ne connaît pas ce monde-là. Elle a fait une bêtise. Elle a répondu à une journaliste. C'est une bêtise que nous avons faite ensemble. » C'est un peu condescendant. Il confirme au *Financial Times* : « Mon couple, ma famille, c'est la chose à laquelle je tiens le plus, ce n'est pas une stratégie de l'exposer, c'est sans doute une maladresse, je l'assume pleinement et ce ne sera pas une stratégie que l'on reproduira. » Bon, mais ça, c'était avant de rencontrer Mimi.

Quelques mois plus tard, alors que La République en marche a été lancée et que son mari a quitté Bercy, Brigitte aurait bien besoin d'être conseillée. Le couple pourrait aussi tirer bénéfice d'un coup de projecteur médiatique, et il y a ces rumeurs d'homosexualité à balayer. « Je vais te présenter quelqu'un », propose Xavier Niel en l'invitant à ce qu'il décrit comme un goûter, dans son hôtel particulier – une réplique d'un palais du grand siècle avec piscine en marbre noir et des œuvres d'art aux murs.

Ils sont nombreux aujourd'hui à revendiquer la paternité de cette première rencontre. Bernard Montiel, l'ancien animateur de « Vidéo Gag », un autre proche de Brigitte, lui a justement parlé de Mimi ce matin-là. Coïncidence de bon augure. Stéphane Ruet, photographe officiel promu responsable de l'image de la présidence de la République par François Hollande après sa gestion de crise dans l'affaire Gayet, pense que c'est lui qui a été à l'origine de la fructueuse collaboration. À l'Élysée, on dit que c'est Mimi elle-même qui a cherché à se mettre au service des Macron. Mimi, elle, se souvient qu'une de ses assistantes a attiré son attention sur ce couple étonnant, quand Macron était encore à Bercy. « C'est fou cette femme, plus âgée et tellement belle. Ils sont trop mignons », avait dit l'assistante. Depuis, elle suit leurs apparitions et attend son moment. Quand on lui raconte que Brigitte participe aux réunions de cabinet à Bercy, elle perçoit l'ambition qui couve chez cette femme. Elle devine qu'il faudra passer par elle. C'est souvent sa méthode, d'ailleurs, bien qu'elle affirme avoir plus de chance avec les hommes.

Les prétendants sont donc nombreux mais c'est bien Xavier Niel qui organise la rencontre originelle. L'homme d'affaires a un parcours d'aventurier. En 2004, il fait de la détention provisoire pour proxénétisme aggravé (il bénéficiera d'un non-lieu) et recel d'abus de biens sociaux (il sera condamné à deux ans de prison avec sursis pour avoir récupéré chaque mois, dans un sex-shop, des enveloppes contenant 5 000 euros en liquide). La prison est pour lui un choc très profond, d'autant qu'il a été dénoncé par un proche. Une journaliste qui a travaillé sur lui décrit un complexe de Monte-Cristo : du fond de sa cellule, Xavier Niel se jure de revenir sur le devant de la scène, au sommet du pouvoir, afin de prouver sa valeur à ceux qui l'ont attaqué. Il rencontre à cette époque une petite femme blonde à l'allure décidée qui sort comme lui de quelques jours de prison et que lui présente Me Caroline Toby, son avocate. Niel se souvient qu'elle a dit : « J'ai deux clients vraiment à part en ce moment, Mimi et toi. Il faut vraiment que vous vous rencontriez. » Une relation se noue.

Précisons toutefois que l'avocate ne se rappelle pas avoir été l'artisan de leur rencontre. Elle accorde qu'ils peuvent s'être trouvés en même temps dans sa salle d'attente. Nous y ferons d'ailleurs nous-mêmes la connaissance d'un ancien indic lâché par les douanes. Les antichambres des avocats sont de passionnants salons en eaux troubles.

Dix ans plus tard, ce Monte-Cristo des temps modernes a réussi au-delà de ce qui était imaginable. Il a fondé Free, rencontré Delphine Arnault, l'héritière de la plus grosse fortune française, s'est associé à Pierre Bergé et Matthieu Pigasse pour racheter le groupe Le Monde… Il a gardé un lien indéfectible avec les gens qui ne l'ont pas lâché dans les temps difficiles. Mimi est de ceux-là. Xavier Niel est un homme de réseaux, il aime garder le contact et jouer les intermédiaires. Il est donc tout à fait dans son élément quand il reçoit les deux femmes, qui ont le même âge mais peu d'autres choses en commun, et leur sert un coca light bien frais. Il s'agit d'un entretien d'embauche qui ne dit pas son nom, pour lequel Mimi est prête depuis longtemps. Jusque-là, elle roulait plutôt pour Nicolas Sarkozy – elle est proche de Carla Bruni qu'elle connaît depuis ses années de mannequinat. Mais puisque Sarkozy n'est plus dans la course, Macron paraît le bon cheval. De sa voix rendue rauque par trop de cigarettes, avec assurance et un indéniable bagout qui va plaire à Brigitte, elle décrypte pour elle les tendances, les enjeux et le fonctionnement des médias. Elle lui dit que les photos n'existent pas, sinon elles seraient depuis longtemps sur son bureau où passent tous les secrets de Paris. Puis elle propose un programme d'action : pour accéder à une notoriété rapide, le meilleur véhicule, c'est la presse people. Et elle en est la reine : *Gala*, *Closer*, *VSD*, *Paris Match*… tous lui mangent dans la main. Son agence fournit à elle seule plus de 50 % de leurs sujets, textes et photos. Brigitte est immédiatement convaincue. Mimi plaît aussi à Macron le pragmatique : elle est la meilleure, tout le monde le dit. C'est donc sans contrat, sur une simple poignée de main, à l'ancienne, que Mimi entre dans la campagne. Et elle va tout dégommer.

À partir de cette rencontre, les unes sur le couple Macron se succèdent. Le 11 août 2016, paraît le numéro de *Paris Match* qui expose Emmanuel et Brigitte Macron en maillot de bain. Ni posées, ni volées, les images sont fabriquées dans cet entre-deux qui est la spécialité de l'agence de Michèle Marchand. Le couple se sait suivi pendant sa promenade, mais les photographes agissent en paparazzis, pour plus de naturel. Les clichés sont ensuite choisis et validés ensemble, avant d'être vendus à la presse. En mars 2017, le conseiller à la communication d'En Marche, Sylvain Fort, explique à *L'Obs* que

Bestimage, l'agence de presse/communication de Mimi, a « un contrat d'exclusivité moral » avec les Macron. Il précise : « Cela permet de mieux maîtriser leur image, le choix des photos qui circulent sur eux. Quand ils sont victimes d'une paparazzade, ils font appel à un photographe de l'agence, ils sont sûrs, ainsi, d'avoir des clichés plus avantageux. » La phrase, contradictoire en soi, confirme candidement la méthode. Les Macron, avec l'aide de Bestimage, participent à un système qui fait passer des publireportages dévoilant leur intimité pour des photos volées, et qui maquille la communication en information. Non seulement ils se prêtent au jeu, mais ils y excellent rapidement, bien qu'ils s'en défendent. « Je ne fais pas les unes de la presse people, s'agace Macron à la télévision. La presse people fait des unes sur moi. » Cela n'est pas tout à fait juste, Mimi y veille. Macron persiste, affirme qu'il n'y a pas d'intentionnalité. « C'est trop », assène-t-il. En effet. *VSD* leur programme huit couvertures dont six avec Brigitte (reconnaissons que le phénomène a commencé avant la rencontre avec Mimi). Ils font à nouveau la une de *Paris Match* en novembre (et neuf pages intérieures avec des photos créditées Sébastien Valiela, qu'on verra sauter au cou d'Emmanuel Macron le soir de la victoire, et Dominique Jacovides, un photographe expérimenté de Bestimage), du numéro 3534 en février, et en avril encore une fois. En tout, durant la campagne, vingt-neuf unes pour les Macron contre seize pour Fillon et onze pour Le Pen. Mimi est bien la meilleure, et elle a de bons clients. L'angle, encore et toujours, c'est le versant privé, l'histoire d'amour exceptionnelle, la précocité du candidat, le lien qui unit Brigitte et Emmanuel, leurs vacances à la mer et à la montagne et comment ils se tiennent la main, encore et toujours, de couverture en couverture, avec le même sourire amoureux. Rien, surtout, jamais, nulle part, sur le programme.

La visibilité ne sera pas le seul apport de Mimi. Lors de son meeting de Bobino le 6 février 2017, Emmanuel Macron désamorce, en les affrontant avec humour, les rumeurs d'homosexualité – sur les conseils de Mimi, dit-on, et les prières de Brigitte. C'est fort. Ça marche. Mimi peut continuer d'assister, discrètement, aux prestations de son protégé et à couver son ascension.

Son bureau est décoré de photos – dont celle de son mariage, immense, sur laquelle les invités les plus connus sont hors cadre. « Ça y est, vous avez branché les micros ? attaque-t-elle. Je vous préviens, je fume. » Son assistante, blonde, douce et souriante, va et vient, des post-it et des téléphones dans les mains, lui chuchotant à l'oreille des informations, s'excusant chaque fois de l'interruption. La pièce est vitrée, Mimi règne en patronne et garde un œil sur ses troupes. Les étagères basses sont chargées de dossiers. Sur les dos reliés de quelques gros volumes, on lit au marqueur noir « Mimi FISC ». Les téléphones sonnent. Des bips incessants signalent l'arrivée de messages. Mimi a un souffle de voix rauque, usé et pourtant chargé d'énergie. Des yeux clairs, attentifs, qui vous jaugent. Les bras croisés sur les genoux dans une posture défensive, elle se lance : « J'aimerais que ce soit mes potes, j'aimerais les inviter à dîner et parler de tout et de rien. J'aimerais lui dire ce que je pense de certains sujets, par exemple que je trouve ça dingue que l'AFP, une agence filaire française, ait comme fournisseur et partenaire Getty, un groupe américain. » L'emploi du conditionnel démontre qu'il n'en est rien : cela n'est pas, Mimi n'est pas l'amie des Macron, elle n'a pas accès au président. Je sais où est ma place, semble affirmer cette femme qui regrette aujourd'hui le coup de projecteur que lui a valu l'arrivée au pouvoir de ses protégés. Elle redoute qu'on aille fouiller dans son passé. Sylvain Fort, qui la connaît depuis la campagne, nous confie : « Je comprends que certains puissent trouver qu'elle détonne dans l'univers feutré des cabinets, mais je ne juge pas le passé des gens. Elle fait ce qu'elle dit et dit ce qu'elle fait. C'est une femme entière, avec ses plaies et ses bosses. » Mimi aimerait bien repasser sous le radar mais c'est difficile de revenir en arrière. Elle a beau être vive, ne figurer dans aucun organigramme, avoir toujours signé de noms d'emprunt ses papiers dans la presse (Dominique Leroy, Michelle Pataud et d'autres encore…), être absente même des statuts de sa propre société, ne jamais rester trop longtemps où on la croyait installée – clignez des yeux, elle aura disparu –, l'attention est maintenant dirigée vers elle, la femme de l'ombre et l'amie de la première dame.

En juin 2018, peu après la publication de la photo de Mimi derrière le bureau du président, nous avons enfin été reçus par le cabinet de Brigitte Macron. À l'issue d'un rendez-vous de presque deux heures avec le directeur et le chef de cabinet, quelque chose a changé. Une légère tension des corps. Un bref regard entre les deux hommes nous a informés, avant même qu'on entende ses pas approcher derrière nous dans le couloir, de l'arrivée de Brigitte Macron. Elle est entrée, tailleur crème et yeux piscine, souriante, bronzée, déterminée. Son équipe lui a rappelé qui nous étions – elle avait tout à fait oublié. Elle a répondu à quelques questions, disponible et aimable. Elle a expliqué qu'elle était reconnaissante à Mimi de lui avoir appris comment fonctionnaient les médias et, surtout, d'avoir su « tracer l'origine » des rumeurs qui visaient Macron. Depuis, elle les a fait vérifier. Elle sait, désormais, qui leur a nui et elle nous a déclaré tranquillement : « Ça se mangera froid », provoquant un sursaut angoissé chez son directeur de cabinet qui se demandait si elle n'allait pas trop loin. Elle a affirmé qu'elle avait confiance en Mimi. « Enfin, avant, a-t-elle précisé. Maintenant, malheureusement, nous sommes seuls. C'est l'Élysée qui veut cela : nous ne pouvons plus avoir confiance en personne. C'est une solitude à deux, mais une solitude totale. J'ai confiance en Emmanuel et Emmanuel a confiance en moi. C'est tout. » Le regard bleu s'est fait intense : là-haut, on souffre de la solitude. Mimi est-elle une amie de la première dame ? « Je dirais une connaissance appréciée », ont minoré précipitamment les deux membres de son cabinet après son départ. Appréciée, sans doute, mais dont la place est fragile.

Un épisode, au cours du premier été de la présidence de Macron, est venu le rappeler. Dans la vie d'une agence qui a fait de la communication people sa marque de fabrique, il a de l'importance et il en dit long : fin août 2017, Brigitte et Emmanuel Macron se rendent au refuge SPA d'Hermeray pour chercher leur chien, Nemo, que Brigitte a choisi au début du mois. Les photos, publiées sur le site de *Paris Match*, ne sont pas créditées Bestimage, contrairement à celles de la première visite. Pour les observateurs avertis des guerres sanglantes qui se livrent en coulisses, c'est clair, Mimi est dans le creux de la vague et le petit monde des images devine pourquoi. Elle s'est vantée dans la presse d'être la conseillère en communication des Macron. Cela n'a pas plu à l'Élysée. Pour ce péché d'orgueil, elle a été punie.

C'est le paradoxe qui l'habite, toute l'ambiguïté qui la tiraille : l'attrait du pouvoir que lui confère la connaissance de tant de secrets intimes, le plaisir de se savoir au cœur de tout, mais l'impossibilité de pouvoir s'en vanter. Chaque fois qu'elle est sortie dans la lumière, elle l'a payé. Elle peut être puissante, crainte, respectée, efficace, elle peut être la meilleure – il faudra que ce soit en secret. On lui rappelle donc que rien n'est éternel, qu'il suffirait de peu pour qu'elle perde tout. Elle sera plus prudente par la suite et prendra soin d'affirmer, comme à BFM, dans la seule interview filmée qu'elle a accordée, que son rôle n'a rien d'officiel. Elle devra aussi donner des gages aux autres agences présentes à l'Élysée, qui s'inquiètent de son importance.

En mai 2017, quand *Le Monde* a annoncé que Bestimage avait une exclusivité sur l'image privée du couple présidentiel et sur celle de la première dame, les agences de presse sont montées au créneau et les équipes de communication ont entrepris de démentir. Il n'y a pas de contrat. Même pas de contrat tacite. Ni de relation privilégiée. Rien. « Ce qui était peut-être une réalité de campagne est devenu un fantasme élyséen », affirme le cabinet de la première dame dans une formule un peu trop travaillée. Il leur a fallu quelques mois – un an, en réalité – pour comprendre le fonctionnement de l'Élysée, mais maintenant tout se passe dans les règles. « C'est important, il s'agit d'un enjeu démocratique. » En effet.

L'Élysée entretient des relations avec la presse qui sont le reflet de la personnalité et des goûts de son occupant : canal ouvert sous Hollande, verrouillé chez Macron. Il y a pourtant des interférences. Plusieurs sources internes du groupe Lagardère nous ont raconté que Brigitte Macron serait intervenue à la demande de Mimi en faveur du directeur de la rédaction de *Paris Match*. Le cabinet de la première dame dément fermement. Il y aurait eu un seul contact avec *Paris Match* au printemps dernier. L'objet du rendez-vous aurait été de poser les bases d'une collaboration directe qui ne transiterait plus par Mimi.

La couverture de l'Élysée a un fonctionnement réglementé. Le comité de liaison de la presse, fondé sous René Coty, regroupe les différentes familles de presse : agences filaires, photographiques, presse magazine, quotidienne et hebdomadaire, radio et télévision. Les photojournalistes travaillent en pool, ou groupe, pour couvrir les activités du chef de l'État (visites internationales, sommets, cérémonies officielles). La présidence décide des événements qui seront ouverts à la presse et du nombre de places pour les photographes. Le comité de liaison se charge ensuite de la rotation entre les sept membres actifs (AFP, AP, EPA, Reuters, Abaca, Sipa et REA) et ses deux membres associés (Max PPP et Bestimage, depuis 2013). Les règles sont claires : lorsqu'il y a une place, elle est pour une agence filaire (AFP, AP ou Reuters). La deuxième place va à un magazine. La troisième et la quatrième, aux autres membres actifs. Et la cinquième, à un membre associé. Les photographes du pool redistribuent la totalité de leurs images aux membres actifs et un tiers aux membres associés. Les rouages paraissent bien huilés, mais la proximité de Mimi avec la première dame va semer le désordre et placer, en jouant sur la confusion entre privé et public (seules les activités du président sont couvertes par le comité de liaison), une agence, Bestimage, en situation de privilège.

Dès la mi-mai 2017, les relations entre la presse et l'Élysée se tendent après que l'Élysée a, pour le suivi du voyage présidentiel à Gao, au Mali, contacté directement des rédactions en demandant à ce qu'elles envoient plutôt des spécialistes de la Défense que des journalistes politiques. Une quinzaine de sociétés de journalistes signent une lettre ouverte dénonçant l'intervention problématique du pouvoir dans le choix de ceux appelés à couvrir ses activités. Encore une fois, il s'agit d'un enjeu démocratique. Le fait que Mimi œuvre dans l'ombre pour organiser, en parallèle de cette communication officielle réglementée déjà bousculée, une autre, autour de la sphère privée, n'est pas pour apaiser les esprits. De plus en plus, Bestimage est perçue comme l'outil de communication privilégié du président.

Entre les agences, comme la sienne, dans lesquelles le people et la politique font bon ménage, la concurrence est rude. E-Press, les rivaux de Bestimage, qui ont connu les douceurs enivrantes du succès quand Sébastien Valente était le portraitiste attitré de Nicolas Sarkozy, n'entend pas se voir reléguer à l'arrière-plan. D'autant qu'ils ont failli réussir l'exploit de survivre à un président. Emmanuel Macron appréciait la qualité des images de Valente, qui avait shooté d'innombrables couvertures de Carla et son époux. Au printemps 2016, le couple Macron demande à E-Press de travailler avec eux et les fait accréditer sur le meeting de la Mutualité. L'agence organise une couverture avec *Paris Match*, une autre avec *VSD*. À peu près au même moment, *Voici* cherche à mettre une agence en planque sur Emmanuel Macron et son supposé amant, comme nous le raconte aujourd'hui Cristelle Doveri, la rédactrice en chef, qui jure avoir refusé la commande. Quelqu'un les accuse pourtant d'avoir accepté. Ils perdent aussitôt la confiance du président.

Mimi veille sur le couple Macron, sa chasse gardée, sa corne d'abondance, aussi : depuis qu'elle travaille avec eux, son chiffre d'affaires a augmenté de 500 000 euros et les bénéfices de 343 338 euros. Malgré ces bons résultats, la situation de l'agence n'est pas florissante. Son antenne à New York a perdu trois de ses membres. Et chaque fois qu'il faut payer l'Urssaf, Mimi s'angoisse, nous raconte-t-elle. La conjoncture économique est extrêmement défavorable, de nombreuses agences historiques ont disparu ces dernières années. Bill Gates, via sa société Corbis, rachète en 1999 Sygma, qui finira en dépôt de bilan. Un peu plus tard, les agences Gamma, Rapho, et d'autres encore, feront faillite – ainsi, celle du photographe paparazzi Angeli que Mimi rachètera en 2012 pour un euro symbolique et qui sera son marchepied vers le succès – on y reviendra.

Les journalistes qui suivent l'Élysée se plaignent. Ils n'ont plus accès aux informations, ils n'arrivent pas à joindre les cabinets, n'ont pas les numéros de portable, on leur donne des informations fantaisistes qui leur font rater des déplacements. Pendant ce temps, Bestimage pousse ses billes, truste des événements sur lesquels les deux principaux photographes qui suivent Macron, les paparazzis Sébastien Valiela et Dominique Jacovides, sont les seuls présents. Lorsqu'ils sont de pools, Michèle Marchand sert d'abord les journaux avec qui elle a l'habitude de travailler, *Paris Match*, *Closer*, *VSD*, *Ici Paris*, avant de redistribuer ses images aux membres du comité qui enragent. Lors de la visite des Trump à Paris, Bestimage, jouant toujours de cette frontière très floue entre privé et public, est la seule agence accréditée sur le bateau où ont pris place Melania Trump et Brigitte Macron. Au retour de la promenade, les agences attendent de recevoir les photos. Qui n'arrivent pas. Lorsqu'elle est contactée pour s'expliquer sur ce retard, Mimi répond : « Elles sont en attente de validation auprès de la première dame. » Les photos sont ensuite livrées d'abord à *Paris Match* puis à *Gala*. En examinant les images, le directeur de l'agence Abaca, Jean-Michel Psaïla, constate qu'elles ont été retouchées. Pas seulement retravaillées, comme le font les photographes, pour améliorer la lumière ou la netteté, mais positivement transformées sur un logiciel de retouche d'image. L'objectif est clair : rajeunir la première dame. Les marques de l'âge ont été effacées. Psaïla appelle

Mimi, qu'il connaît bien, pour réclamer les RAW, les fichiers bruts des photos numériques. Elle le fait lanterner, tergiverse, prétend les avoir déjà envoyés, « comment, tu ne les as pas reçus ? Je ne comprends pas »... Jean-Michel Psaïla donne dans la foulée des interviews à la presse pour dénoncer la transformation des images, qu'il compare, dans un avant/après impitoyable. Il recevra quelques coups de téléphone indignés de l'Élysée mais son message est passé : les agences de presse ne mourront pas sans se battre.

Il faudra un an de ruades, d'envolées furieuses des différents directeurs d'agence, pour réussir à rétablir des règles de fonctionnement plus transparentes. Il en va d'ailleurs de l'intérêt de l'Élysée, qui ne peut pas se contenter d'apparaître dans les journaux people mais a aussi besoin, quelle que soit la méfiance du président, des grands quotidiens et des grands médias étrangers avec lesquels Michèle Marchand n'a pas, loin s'en faut, de ligne directe.

Les photographes qui suivent les activités du président ont une mission : écrire une histoire visuelle de la présidence ; et un métier, le photojournalisme, une profession qui répond à un code déontologique. Leurs images ne doivent évidemment pas être retouchées, elles ne doivent pas non plus être validées par les équipes de presse du Palais. La charte signée par les membres du comité de liaison impose quelques règles. Depuis l'élection de Macron, Bestimage a reçu des avertissements du président du comité. Si elle continue de passer outre les statuts, les autres membres refuseront de diffuser ses photos. C'est déjà le cas de journaux qui ont une véritable déontologie de l'image, comme *Libération*, qui n'a pas non plus, pendant la campagne, diffusé d'images de Soazig de la Moissonnière dont il était évident qu'elle était salariée par le mouvement LREM – cela ne sera officialisé qu'après la campagne. « On ne valide pas les images », affirme haut et fort le cabinet de la première dame en dépit de l'évidence. Le 29 mars 2018, lors de l'assemblée générale du comité de liaison de l'Élysée, Mimi a pourtant quitté la table en criant : « Moi je fais valider ! Sinon, je travaille pas ! » Et le jour de notre premier rendez-vous avec Mimi, nous l'entendons déclarer au téléphone au directeur de cabinet de Brigitte Macron : « Non, il n'y a pas de photo du Gange. Tu sais pourquoi ? Comme tu ne me validais rien, j'ai préféré qu'il n'y en ait pas plutôt qu'une photo où vous alliez me faire une crise de nerfs. »

Mimi prend le téléphone qu'on lui tend pour la dixième fois depuis quatre heures que nous sommes là. « Ben non, j'ai pas fini. Ben oui, tu me rappelles ! » Brusque, bourrue, chaleureuse, dangereuse, aussi, peut-être. À l'Élysée comme dans son agence, elle fait ce qu'elle a appris à faire dans un garage, une boîte de nuit, une rédaction, elle applique ce qu'elle a appris en prison, avec les policiers ou les truands qu'elle a côtoyés : elle louvoie. Elle alterne gueulantes et flatteries, suppliques et coups d'éclat. Elle est bravache au point qu'on la croit franche, têtue, vive, culottée, cajoleuse s'il le faut. Elle a un sens aigu du pouvoir : elle sait où est la puissance – à l'Élysée, c'est sans doute plus facile qu'ailleurs. À ceux qui jouent dans la même cour qu'elle, elle n'a pas peur de distribuer les coups – Ah bon, il y avait des règles ? demandent ses yeux verts où la lumière ricoche comme sur la lame d'un couteau.

En contre-jour, on reconnaît la silhouette gracile de Brigitte Macron tournée vers celle, plus compacte, du président, sur fond de Taj Mahal et de coucher de soleil éblouissant.

Quand on analyse un conflit, on parvient souvent à isoler un événement déclencheur : l'assassinat de l'archiduc François-Ferdinand pour la Première Guerre mondiale, le ravissement d'Hélène pour le siège de Troie, le mensonge de George W. Bush pour la deuxième guerre du Golfe... Cette fois-ci, ça commence à la télévision, par une question toute simple, mais provocante : « La Rotonde, c'est votre Fouquet's ? » posée par un journaliste de l'émission de Yann Barthès, « Quotidien », après que l'équipe de Macron a fêté sa présence au second tour de l'élection présidentielle dans une célèbre brasserie de Montparnasse. La phrase fait référence à la fête de victoire de Nicolas Sarkozy au Fouquet's, qui fut un scandale médiatique et annonça l'entrée dans une présidence bling-bling.

La question déplaît. L'émission reçoit un appel furieux du conseiller à la communication d'En Marche Sylvain Fort qui insulte son présentateur, puis dément l'avoir fait, et Yann Barthès continue donc de lancer des piques, puisque ça réagit. Il s'intéresse à la geste présidentielle, aux codes de narration et à Mimi, dont la présence dans l'entourage des Macron est avérée par quelques photos sur lesquelles elle dévisage, maussade voire franchement mécontente, l'objectif du photographe qui l'épingle.

En mars 2018, une image est vendue au public, un peu ratée d'ailleurs, sur laquelle on reconnaît en contre-jour le couple présidentiel sur fond de Taj Mahal, ce symbole au style mémorable de l'amour conjugal, un palais de marbre créé par un empereur pour sa femme défunte. Les journaux nous apprennent que Carla et Nicolas Sarkozy, en visite officielle en Inde, l'avaient visité « en privé », c'est-à-dire seuls, que François Hollande, en pleine tourmente personnelle, s'en était bien gardé en revanche. Les Macron ont décidé d'y faire eux aussi une « visite privée », dont la définition est pourtant bien différente, puisque ce sera sous l'œil des caméras. Lors du point presse de fin de journée, Valentine Oberti, la journaliste de « Quotidien », souligne la contradiction entre le terme « privé » et la présence des caméras. La réponse du président est cinglante et agacée. « Je crois que plusieurs d'entre vous étaient satisfaits de pouvoir être là. » Pour un peu, ça ressemblerait à une menace. Cette fois, Mimi avait dû céder un peu d'espace et Bestimage n'avait pas l'exclusivité de ce « moment ».

La question est pourtant légitime. L'utilisation de la vie privée des élus, leur peopolisation, sont devenues une donnée de notre vie politique. Eux l'utilisent pour détourner l'attention de la politique, qui continue, elle, de se faire. C'est le grand récit – le storytelling. Et certains en vivent. On peut tomber pour cela. Pendant la campagne présidentielle, le coup de grâce sera asséné à François Fillon par *Closer* qui propage la rumeur d'une liaison avec son attachée de presse en publiant une photo en gros plan d'un bracelet au poignet de la dame sous ce titre : « Quand les affaires perso de sa collaboratrice se retrouvent dans sa chambre d'hôtel ». L'attaque sera attribuée à tort à Mimi. Sans oublier l'épisode de la rue du Cirque pour Hollande, considéré par certains comme le tournant meurtrier de sa présidence. On ne prête qu'aux riches et derrière ce scoop qui secoue la France, les gens avisés croient reconnaître la patte de Mimi. À tort, encore une fois. La fuite de la liaison entre le président et l'actrice-productrice est en fait partie des milieux médicaux (Julie Gayet est la fille d'un chirurgien connu) et a remonté jusqu'à un journaliste qui a tenté de la négocier avec *Closer*. L'hebdomadaire a trouvé que c'était un peu juste pour s'engager dans une opération qui risquait de se révéler longue et coûteuse. Quelque temps plus tard, l'humoriste Stéphane Guillon raconte sur un plateau de télévision que François Hollande est venu sur le tournage du dernier long-métrage de Julie Gayet et a beaucoup aimé le film, précise-t-il. « Sa femme beaucoup moins. » Le regard de l'actrice fait le reste : *Closer* décide de financer l'enquête et fait appel à un photographe qui travaille souvent avec Bestimage, Sébastien Valiela. Ce dernier planque en bas de chez Julie Gayet et parvient à trouver l'adresse de la rue du Cirque en la suivant dans Paris, raconte-t-il. Il monte une équipe et ils se relaient à plusieurs pendant des semaines avant de réussir à shooter le président devant l'immeuble, Julie Gayet franchissant la porte, le garde du corps arrivant avec les croissants... L'hebdomadaire titre « L'amour secret du président ».

« La rue du Cirque, ce n'est pas moi », jure Mimi avec un éclat de sincérité.

Quand on lui répond : « Nous savons que ce n'est pas vous », elle se redresse, vexée, et précise, ne résistant pas au plaisir de montrer que même si elle n'a pas initié l'histoire, elle était dans le secret : « J'ai conseillé à Sébastien de signer ses photos. » Dans les magazines à sensation, les photos n'affichent pas toujours de copyright et sont parfois simplement signées dans l'ours qui récapitule les participants du numéro, ou même pas du tout. Les paparazzades ne portent en général que le nom de l'agence qui les distribue. Sébastien Valiela mettra quelques jours avant de revendiquer son travail dans l'émission de Marc-Olivier Fogiel sur RTL. « C'est un fait de société et non une paparazzade classique », explique Mimi. Rien ne se passe sans qu'elle ne le sache, on vous dit.

Pendant la campagne, Macron a prétendu se refuser à cette exploitation de son intimité et ouvrir une nouvelle ère, avant de se prêter au jeu et peut-être même de le mener plus loin que quiconque auparavant.

L'émission de Yann Barthès revient sur la séquence au Taj Mahal et énumère les personnes présentes lors de cette visite « privée » : il y avait, entre autres, des conseillers, le cameraman et la photographe officiels de l'Élysée, l'ambassadeur de France, ainsi que des journalistes de TF1, *Paris Match* et de l'AFP. Et, évidemment, le photographe de Bestimage. Tous ces participants, acteurs de l'œuvre de communication présidentielle qui va bientôt se retrouver en une des magazines sous couvert d'information, ont été transportés dans les deux Falcon affrétés pour l'occasion. Le récit médiatique qui prend comme axe central la vie privée du chef de l'État occulte au maximum tout contenu politique. C'est encore plus efficace et beaucoup moins coûteux que de déclencher une guerre. Bien entendu, le président n'aime pas qu'on l'interroge sur ce thème et l'a fait savoir. Mais sur le plateau, la journaliste inscrit sa question dans l'analyse de la « mise en scène du pouvoir, la fabrication d'images pour la presse et de la communication politique », des sujets que l'émission de TMC continuera à traiter.

Yann Barthès n'avait jamais été victime d'une paparazzade. En février 2017, paraît dans *Public* une photo de lui faisant de la luge prise sur le terrain de sa résidence secondaire. Les paparazzis ont eu connaissance de la présence de l'animateur grâce à l'utilisation d'Amadeus, un logiciel qui permet d'avoir accès aux listings des passagers des grandes compagnies aériennes. À condition d'avoir les codes, ce qui est le cas des « gens bien informés », comme nous l'explique Mimi. Les photographes, paraissant ignorer qu'il s'agit d'une propriété privée, s'aventurent à l'intérieur du terrain. Or c'est la limite qu'ils franchissent le moins volontiers, puisqu'elle occasionne des poursuites systématiques et des procès en général perdus. Sur le premier jet de photos, Yann Barthès apparaît seul en train de faire de la luge. Pour les paparazzis, c'est une manière de signaler leur présence, un coup de semonce. Cinq photos seulement sont publiées, mais l'animateur se doute qu'ils en ont beaucoup plus. Le 30 mars 2018, la même photo, mais en plan large, est publiée à nouveau, dans *Oops*. On y aperçoit le présentateur avec un intime. Un proche de Barthès commente : « Franchement, c'est signé. Qui à part Mimi irait rechercher dans les archives une vieille photo de Yann ? » D'autant qu'il est déjà arrivé à Mimi de chercher, sans réussir à l'obtenir, l'adresse où l'animateur passait ses week-ends.

Cette guerre a également comme toile de fond la rivalité entre deux émissions du PAF, celle de Yann Barthès et celle de Cyril Hanouna. Les deux émissions sont concurrentes. Cyril Hanouna est un proche de Mimi, qui fréquente aussi bien les histrions du petit écran que les locataires de l'Élysée. La publication de *Oops* intervient au climax de la crise entre les deux présentateurs.

Yann Barthès est devenu, à son grand dam, la cible des paparazzis, comme cette fois où il est suivi jusque chez lui, à Paris, par trois hommes équipés de téléobjectifs. On ne saura sans doute jamais qui avait passé cette commande.

Mimi nie farouchement être derrière ce coup : « Ni moi, ni mes photographes, ni l'agence Bestimage n'avons eu de photos de Yann Barthès. Je ne peux pas être plus claire. Et quand vous me parlez "des paparazzades" de Barthès, j'ai pas l'impression qu'il y en a eu beaucoup. J'en sais rien, moi. Mais je lis les journaux quand même… »

Il n'est pas facile d'enquêter sur Michèle Marchand. Par goût, par prudence et par profession, elle a toujours préféré l'ombre. Les gens qui la connaissent ne s'expriment pas volontiers. Certains parce qu'ils ont peur ; d'autres, parce qu'ils lui doivent tout. Un homme de cinéma, qui la fréquentait dans les années 1980, « à l'époque voyou », précise-t-il, promet qu'il a beaucoup à dire. « J'ai pas peur. Moi quand j'ai un truc à dire, je le dis en face. Personne ne me fait peur, à moi. » Le jour du rendez-vous, il décommande. Puis une deuxième fois. Enfin, il lâche, laconique : « Attendez, qui vous a fait croire que j'allais parler ? Je suis pas une balance. »

Les rendez-vous annulés sont nombreux, davantage que pour d'autres reportages sur des sujets qu'on croyait pourtant plus sensibles. Les témoins qui bavardaient au téléphone se refroidissent, ou passent aux abonnés absents sans prévenir. « Vous savez pas où vous mettez les pieds, préviennent nombre d'entre eux. J'espère que vous avez un bon parachute. Vous êtes morts. » Façon de parler.

Il y a des témoins à la moralité pas tout à fait irréprochables, d'anciens complices en basses œuvres pour la presse à scandale, des concurrents parfois aigris, dont il faut prendre avec précaution les récits furieux.

On découvre aussi des gens pour qui elle est une deuxième mère. « Vous tombez extrêmement mal, dit une jeune femme qui a travaillé à ses côtés dans la presse people. Je ne parlerai pas de Mimi car la rencontrer a été la chance de ma vie. Elle m'a tout appris. Je lui dois tout. J'ai perdu mon père et j'ai rencontré Mimi. C'est ma deuxième mère. » Cyril Hanouna textote, lapidaire : « Je suis pas là. Et je m'exprime jamais sur Mimi. C'est ma deuxième Maman. » Laurence Pieau, la directrice de la rédaction de *Closer* et de *Télé Star*, qui travaillait avec Mimi chez *Voici*, en 1995, n'a pas d'autres mots : « Mimi, c'est comme la famille. »

Les photographes qui ont assisté à sa mue de pigiste et informatrice en patronne d'une grosse agence de presse, racontent ses attentions : les bouquets de fleurs quand on est à l'hôpital, les rendez-vous chez les meilleurs spécialistes qu'elle parvient à vous obtenir, les petits mots qui viennent à point quand on traverse une mauvaise passe. Comme une marraine, Mimi veille sur vous et s'attache votre gratitude. Dans une société brutale et individualiste, ça marche. Elle touche quelque chose chez les gens, en tout cas ceux qu'elle n'essore pas.

Car on rencontre aussi, au fil des mois, des victimes de son irrésistible ascension. Ils l'ont connue dans ses différentes passes, dans ses différents mondes. Ils dessinent, entre deux phrases, le destin remarquable, complexe et contrasté, d'une femme aussi généreuse et entière qu'ambitieuse et sans scrupules.

Michèle Marchand est une enfant de l'après-guerre. Elle a grandi dans une banlieue populaire à l'ombre des récits encombrants de faits d'armes et de gloire. De ses parents, on sait peu de choses. Sur le faire-part de décès, elle a fait préciser que sa mère Emma Pavot, décédée le 31 mai 2016, était membre des FFI. L'information est difficile à vérifier, la Résistance est restée ce mouvement de la nuit et du secret où le silence est la garantie de la survie. Emma Pavot – un joli nom populaire et fleuri venu d'une autre époque – ne figure pas sur la liste des demandes d'homologation de faits de résistance ; ce qui ne signifie rien. Des cartes ont été distribuées par le ministère de la Défense mais elles sont sujettes à caution : des résistants venus au secours de la victoire s'en sont vu attribuer tandis que de véritables combattants resteront pour toujours inconnus.

Mimi naît à l'heure des cartes de rationnement, alors que la France souffre de la faim, que les carcans sociaux et le qu'en-dira-t-on pèsent lourd. Elle sera de la génération yé-yé qui s'affranchit des règles non par la politique – on ne sait pas ce qu'elle a fait en 68 et elle affiche des préférences plutôt droitières –, mais par une libération spontanée, autonome. Elle brûle d'une énergie intérieure qui la pousse à quitter l'appartement familial de Vincennes, à dix-huit ans à peine. Sa révolte est individuelle et la conduit d'abord à vouloir gagner d'autres horizons. Elle fréquente le Golf-Drouot, dans le 9e, près du boulevard Montmartre où elle écoute Johnny Hallyday qu'elle retrouvera plus tard, mais aussi les Chaussettes noires et les Chats sauvages, et rencontre son mari « qui dansait bien le bop ». Elle l'épouse en 1964. Avant l'âge de vingt ans, elle est mère pour la première fois, d'un garçon ; deux ans après naît une petite fille. La maternité ne sera pas le cimetière de ses illusions. Elle s'affranchit des contraintes et rompt les amarres. Elle passe une licence de maths. A-t-elle appris à compter dans le salon de coiffure familial ou dans la librairie ésotérique qu'ouvrira son père un peu plus tard, comme nous le raconte quelqu'un qui a connu la famille mais dont les souvenirs s'effilochent ? Elle a en tout cas une tête bien faite et entend s'en servir. Elle et son mari habitent d'abord la région parisienne, des villes de taille moyenne nichées dans les forêts d'Ile-de-France. Sur les photos de classe, les enfants portent des pantalons à pattes d'éléphant et ont les cheveux longs.

On ignore tout de ce qui a poussé Mimi à quitter son milieu sans histoire ; on ne sait pas quelles expériences ont forgé sa personnalité, qui frappera par la suite tous ceux qui la rencontreront et fera louer son courage par Brigitte Macron, un courage physique et bravache, un courage de mauvais garçon, « rare chez une femme », ajoutera spontanément la première dame.

2003. À cinquante-six ans, Mimi est en prison et elle en tremble de colère. De tous les mis en cause de ce dossier financier qui vise le système opaque de comptabilité mis en place au magazine *Voici* et le versement de commissions occultes pour rémunérer les informateurs, elle est la seule incarcérée. Axel Ganz, le très élégant patron de Prisma Presse, Patrick Cau, l'éditeur du magazine, Jacques Colin, le rédacteur en chef de l'époque et Dominique Cellura, qui a occupé le poste jusqu'en septembre 1998, tous dorment dans leur lit tandis qu'elle est à Fresnes, où elle va passer neuf jours.

Dans cette affaire, tout est trouble et personne ne tient le rôle annoncé au programme. Mimi a beau être rémunérée comme simple pigiste, opérer en général sous des noms d'emprunt, elle est la véritable chef des informations et remplit à elle seule plus de 70 % du journal : elle fournit les infos, met des agences de photos en commande et quelqu'un du journal rédige les papiers pour elle. En 1998, elle a ouvert des bureaux tout près de la rédaction, au 254 rue du Faubourg Saint-Honoré, pour une société qu'elle a baptisée Shadow : l'ombre, c'est bien trouvé. Tous les matins, le rédacteur en chef de *Voici* vient prendre son café et ses sujets dans son bureau où elle est déjà à l'ouvrage. Levée à l'aube, elle compulse les dépêches AFP, relève son courrier, écoute ses messages. C'est elle qui décide de quoi seront faits les prochains numéros. « Elle occupait la place qu'on voulait bien lui laisser », commente Laurence Pieau, qui a passé sept ans au *Figaro Magazine* avant d'être engagée chez *Voici* presque en même temps que Mimi.

Chez Shadow, Mimi n'est pas la patronne, son nom ne figure même pas dans les statuts. Elle parvient pourtant à détenir officieusement 50 % des parts sociales. Sa propre fille, Carole Hipeau, est son prête-nom, et une amie de longue date, l'ancienne vestiaire du restaurant Chez Moi, Michelle Pataud, née Gizardin, la gérante officielle – car Mimi est sous le coup d'une interdiction bancaire.

Le modèle économique est tout à fait flou mais c'est le milieu qui le veut, clament-ils tous. D'un côté, Mimi fournit des informations qu'elle facture grâce à des « pigistes virtuels », comme Pascal Newton, sans profession, qui apparaît comme actionnaire de Shadow bien qu'il semble le découvrir lors de sa convocation par la police. Lorsqu'il s'agit de sujets complets, textes et photos, Shadow rédige une facture. L'agence est payée par chèques ou virements de Prisma Presse, qu'encaisse en général Michelle Pataud avant de retirer l'argent en liquide pour le reverser à Mimi, moins sa propre commission. Ensuite Mimi rémunère à son tour, au noir, ses informateurs anonymes et elle garde le reste. Les sommes sont importantes. Entre 1997 et 2001, le compte de Michelle Pataud est crédité de plus de quatre millions de francs. Environ la même somme circule sur le compte de Mimi, avant d'être intégralement décaissée. La majorité provient de Prisma Presse, le reste de l'agence Abaca, sa concurrente actuelle à l'Élysée. Les factures émises par Shadow portent parfois des intitulés inexacts. Pour protéger les sources, plaideront les différents protagonistes du dossier. « On attribue à Pierre l'information venant de Paul », tente d'expliquer l'un des mis en cause à la magistrate, qui suspecte fraudes et surfacturations.

Les informateurs sont payés en liquide, Mimi glisse les billets dans des enveloppes blanches sans destinataire qu'elle referme d'un coup de langue et distribue, dans son bureau ou dans des cafés de l'avenue Hoche. Parfois, c'est la rédaction de *Voici* qui est facturée en direct. Dans ce cas, un responsable, accompagné du comptable du journal, va en personne leur remettre du cash. Un simple carnet à souche sert de justificatif. Les intitulés sont lapidaires : un sujet sur Claire Chazal se vend 120 000 francs. Le questionnaire de recrutement de Loana est facturé 20 000 (la jeune femme vient de faire irruption sur les petits écrans avec « Loft

Story », la première émission de téléréalité). Un sujet Gayet, déjà, pour le numéro 680, pages 30 et 31, rapporte 50 000 francs. Une romance entre un présentateur de télévision et une chanteuse, 40 000 francs. De page en page, on retrouve les noms des starlettes de l'époque, des comédiens, de leurs frasques et de leurs amours, des chanteuses de variété qui ont défrayé la chronique, une nouvelle chassant l'autre.

Ces mouvements d'argent finissent par attirer l'attention des services de Tracfin, après le signalement d'un employé de la Poste qui trouve étranges les importants retraits de liquide de Michelle Pataud et suspecte une affaire de blanchiment. L'enquête commence. Les données des comptes bancaires des intéressés sont saisies, toutes les dépenses, tous les retraits, tous les transferts passés au crible. Autour de Mimi, les hommes et femmes de paille sont identifiés. Les locaux de Shadow sont placés sous scellés, la rédaction de *Voici* est perquisitionnée sur ordre de la juge, les services de comptabilité sont auditionnés.

Lors des confrontations, Mimi n'en démordra pas : le magazine, sa rédaction, ses propriétaires, tous étaient au courant et ont participé à l'élaboration de ce système volontairement opaque, où rien ne peut être vérifié. Tous seront mis en examen dans la foulée.

Au cours de leurs investigations, les enquêteurs ont également découvert ce qui semble être un trafic de billets de la Coupe du monde de foot, et la Fifa se constitue partie civile. Une obscure histoire de recel de tableau est exhumée, pour laquelle une incidente est ouverte.

On vient chercher Mimi chez elle, au saut du lit. Les policiers arrivent un lundi matin, au lieu de la traditionnelle interpellation du mardi 6 heures. Son mari, officier de police, est en poste à la Direction centrale de la police judiciaire, rue des Trois Fontanot à Nanterre, où elle va être mise en garde à vue. Les hommes qui l'arrêtent se sont renseignés sur l'emploi du temps de son époux et se présentent alors qu'il est en déplacement dans le sud de la France. Lorsqu'il apprend ce qui s'est passé, il se rend dans le bureau de la directrice, Mireille Ballestrazzi, et demande une mutation immédiate dans un service informatique pour quitter les locaux où Mimi est en garde à vue. C'est un taiseux – Johnny l'appelait « le silencieux ». Sa patronne, sachant qu'elle ne le fera pas changer d'avis, le laisse partir. Un an après, il prendra sa retraite. Il est aujourd'hui gérant de la dernière des sociétés montées par Mimi, Chouet'press.

Après une garde à vue qui la laisse folle de rage – elle croyait révolu le temps des coups à la porte à l'aube, des voitures qui vous transportent sur la banquette arrière, des policiers qui fouinent dans votre appartement –, elle est présentée à la juge qui la scanne des pieds à la tête, raconte son avocate et, après ce premier regard, la messe est dite : elle part en préventive. Mimi a beau tenter de faire valoir qu'il n'y a pas de victimes puisque la rédaction était au courant, et que personne n'est lésé puisque le journal est fait par elle, son passé ne plaide pas en sa faveur. La juge l'expédie à Fresnes. « J'ai jamais eu de chance avec les nanas », résume Mimi.

Ce n'est pas la première fois qu'elle dort derrière les barreaux. Les prisons ont peut-être changé, elle reconnaît pourtant dans son corps le rythme des sonneries, des promenades, le bruit des portes qui claquent, les bips et les sonneries, encore, l'odeur du rata qui cuit dans les cellules voisines. Elle retrouve la sidération. L'humiliation. L'impuissance. La colère de Mimi est immense. Mais les réflexes ne sont jamais loin. Un jeune braqueur connu pour des attaques de fourgon blindé, Antonio Ferrara, choisit cette semaine pour se faire la belle. En pleine nuit, un commando d'au moins six hommes vêtus en policiers, armés de fusils d'assaut, de kalachnikovs et d'explosifs, fait sauter la porte de la prison et le mur de la cellule de Ferrara, au rez de chaussée, dans le quartier disciplinaire. Le bruit des explosifs, les sirènes qui retentissent, toutes les portes des sections qui se bloquent, les hurlements, les tirs, les cavalcades dans les couloirs et les cris de victoire des prisonniers, la clameur s'élève dans la nuit tandis que montent les flammes. Par la fenêtre, Mimi aperçoit la cour. C'est la seule chose qu'elle a demandée : une vue sur l'extérieur. Ça tombe bien, elle voit passer les hommes armés et informe ses contacts dans la presse, nous raconte-t-elle. Pendant que les détenus saluent la fuite du jeune homme, Mimi travaille. Toute occasion est bonne à prendre.

Dans ce qu'on appellera « l'affaire *Voici* », Mimi sera totalement blanchie. La société Shadow sera en revanche sévèrement redressée, notamment sur la base des commissions reçues lors de la vente de billets de la Coupe du monde 1998 et des droits d'auteur non déclarés. Michelle Pataud en supporte la responsabilité. Les revenus « d'origine indéterminée » qu'elle a encaissés se montent à 160 055 euros en 2001, et 196 366 euros en 2002. En tant que gérante et associée, c'est elle qui est en première ligne.

Voici, qui se sépare définitivement de sa principale informatrice – trop compliquée, trop de problèmes –, est condamné en 2009 à lui verser 200 000 euros pour licenciement abusif sur un salaire moyen estimé à 17 000 euros mensuels. Beau rétablissement, saluerait un commentateur sportif.

Fin des années 1970. Michèle a changé de vie. Elle dépose sa voiture dans un garage du 8e arrondissement recommandé par son assurance. Une zone à la Modiano, entre deux eaux, qui ne ressemble pas aux Champs-Élysées d'aujourd'hui occupés par les touristes et les chaînes de prêt-à-porter. On y trouve des bureaux signalés d'une simple carte de visite glissée là, des gens de passage à l'identité incertaine, des cafés où l'on ne vous demande rien et de nombreux garages. Pas trop loin d'une porte de Paris, comme pour pouvoir prendre la fuite et disparaître.

L'odeur de l'essence et du cambouis flotte dans l'air, les bruits mécaniques, secs, des outils résonnent, Mimi va et vient sur le béton taché d'huile pendant que les mécaniciens inspectent son moteur. Elle arbore à l'époque un look un peu classique qui tranche avec sa voix et ses manières directes, rugueuses, joyeuses aussi. On devine à la voir qu'elle navigue également entre deux mondes.

Le garagiste la suit du coin de l'œil. Comme elle le résume pour nous avec un demi-sourire, presque quarante ans plus tard : « J'avais porté ma voiture dans un établissement accrédité par mon assurance et je me suis associée avec le mec, avant de me mettre avec lui. »

Dans cette première affaire, elle en apprend assez sur les voitures et le fonctionnement d'un moteur à explosion pour gagner le respect des hommes et épater les jolies filles qu'elle embauchera au fil des ans dans ses différentes sociétés : des blondes parisiennes et bronzées à la mode du début des années 2000 qui hantent les discothèques la nuit et surfent sur Internet le jour, faisant le plein de ces informations qui la font vivre. Toutes, elles admirent cette patronne capable de changer une bougie de ses mains impeccablement manucurées. Sa rapidité de calcul, son autorité naturelle, sa façon de ne jamais reculer devant le conflit mais, déjà, de savoir enjôler les gens qui l'entourent – un cadeau aux anniversaires, aux naissances, aux baptêmes, des attentions délicates, des fleurs pour un enterrement… – lui gagnent le cœur de ceux qui travaillent pour elle. Ce seront toujours ses méthodes : une exigence impérieuse, des colères, des insultes et des jurons mêlés d'encouragements et d'une attention pour chacun. Elle les appliquera dans tous les univers professionnels qu'elle traversera.

Est-ce elle qui a la bonne idée de proposer des dépannages de nuit ? C'est possible, Mimi est bûcheuse. Le garage est ouvert vingt-quatre heures sur vingt-quatre. Un accident, une panne, les mécaniciens foncent. Ils sont installés dans un quartier où l'on sort, les appels sont fréquents. « La nuit, résume Mimi, on rencontre des flics, des voyous, des putes et des stars. » Les autres, ils dorment. Elle tisse ainsi les premiers fils de ce qui deviendra une vaste toile.

La couverture de Gala *s'orne d'une grande photo de Bernard Tapie et de son épouse, d'une plus petite d'Henri Leconte et d'une actrice sur un canapé... À droite, un simple titre renvoie aux pages intérieures : « Claude Lelouch - Il marie sa fille au Maroc ». Six photos des festivités qui se sont déroulées dans le désert sont publiées dans le magazine.*

Gala *du 5 juin 2013*

Sarah Lelouch, la fille du célèbre réalisateur, elle-même productrice et réalisatrice, ne peut contenir sa colère en découvrant la publication. Le journal la montre, elle, ses enfants, son mari et leurs convives, dans des images qui semblent posées alors qu'elle n'a jamais donné son accord. Sur sa page Facebook, elle écrit ce message furieux :

« J'ai découvert il y a une heure une double page dans le magazine GALA des photos de mon mariage. J'AI TOUT FAIT POUR NE PAS MÉDIATISER CE MOMENT INTIME ET UNIQUE DANS MA VIE !!

Ces photos ont été vendues à une agence de presse (à la tête : une soi disant copine que je remerciais encore hier pour son respect de ma vie privée, NAÏVE QUE JE SUIS), et plus grave, par 4 de mes invités ! Je suis écoeurée et je tenais ici à écrire en gros tout MON DÉGOÛT !

Pour nous protéger, David et moi avions même, avant le mariage, mis en demeure tous les magazines de ne publier aucune photo.

En 15 ans de médiatisation, je n'ai jamais exposé mes enfants, jamais parlé de notre vie privée, je n'ai jamais communiqué sur ma religion et j'ai toujours évité les mondanités. J'ai souvent refusé de l'argent, des voyages et des couvertures pour préserver ma famille.

Ceux qui me connaissent, le savent. Je suis profondément triste et déçue car aujourd'hui tous mes principes ont été bafoués.

Bien entendu, nous attaquons le magazine comme l'agence de presse qui a osé s'approprier, sans aucun scrupule, ce moment que nous souhaitions partager avec ceux que nous aimons et en qui nous avions confiance.

Et je redoute de découvrir qui sont ces 4 amis qui demain, ne le seront plus. »

Quelques jours plus tard, Sarah Lelouch exécute ses menaces. Chouet'press, l'entreprise de Mimi, la « soi-disant copine», est assignée en justice, tout comme l'éditeur de *Gala*, Prisma, qui jure de sa bonne foi : « Au vu de ces photographies d'excellente qualité et posées, rien ne pouvait laisser soupçonner le désaccord des intéressés », argumente l'avocat du magazine.

Mimi se défend plus laborieusement et fournit un mail qui laisse penser que Sarah Lelouch avait donné son aval à la publication des clichés. Le courriel concerne en réalité les images du mariage civil, quinze jours plus tôt, en région parisienne.

Les magistrats écrivent : « Les informations révélées portent sur un sujet dont Sarah Lelouch avait souhaité conserver le caractère intime en l'organisant à l'étranger, dans un lieu isolé et entouré d'un nombre restreint. La blessure causée à l'amour-propre de la demanderesse est d'autant plus forte qu'il résulte des extraits de film versés aux débats que les clichés litigieux ont été divulgués par une invitée, proche de la mère de la mariée, de sorte qu'au sentiment d'avoir subi une intrusion dans sa vie privée s'ajoute celui d'avoir été victime d'une trahison. Cette publication est par conséquent de nature à altérer de façon durable le souvenir que Sarah Lelouch pourra garder d'une cérémonie qui aurait mérité d'être sans ombrage. »

Gala et Chouet'press seront condamnés à verser une provision sur dommages et intérêts de 23 000 euros à la famille Lelouch, réduite à 18 000 en appel.

Dans les années 1980. Il est beau, mat et buriné. Il a déjà vécu mille vies, a connu la prison, et travaille comme serveur dans des cafés du 9e arrondissement, près de la place Clichy. On peut prédire qu'il ne s'arrêtera pas là. C'est un homme sûr de lui, intelligent et ambitieux. Il fréquente des voyous et des militants d'extrême gauche. Un autodidacte. Sa culture est pleine de manques autant que d'expérience. Nous l'appellerons Hafed.

Hafed est né en Afrique du Nord. Il avait quatorze ans quand sa famille est arrivée en France. Des travailleurs durs à la tâche, décidés à s'intégrer, qui ont peur de se faire remarquer. Il faut se fondre dans la foule, faire profil bas, en invités indésirables à perpétuité, utiles mais jamais acceptés. Le jeune garçon est en colère comme le sont beaucoup de sa génération. Enragé de voir son père ployer l'échine, il ne parvient pas à s'adapter à ce nouveau pays. Cette colère dévastatrice le propulse à travers l'existence.

À la majorité, il entre dans l'armée et passe cinq ans à la dure chez les paras, au 1er puis au 2e RPI. Il y fait son éducation. Il parcourt l'Afrique de l'Ouest, Madagascar, la Polynésie. On lui apprend à lire, à écrire, à conduire. Il découvre la fraternité. Et le maniement des armes à feu. Quand il est démobilisé, il a vingt-quatre ans. C'est un garçon musclé et séduisant, prêt à toutes les aventures. La vie est une question de rencontres, nous dit-il aujourd'hui.

Il trouve un travail de serveur et découvre le monde de la nuit, ses mauvais coups, ses tentations et ses figures. Il est malin, on le remarque et le voilà embarqué dans un premier braquage qui tourne court. Hafed est arrêté et emprisonné.

Prison de Fresnes. À l'isolement. Les conditions de détention sont dures. Son voisin de cellule, dans la 13 quand il est à la 11, est un des prisonniers les plus connus de l'époque : Pierre Goldman. Le demi-frère aîné du chanteur, ancien militant communiste, né de parents résistants, a combattu en Amérique latine avant de se lancer dans le hold-up pour financer des causes politiques, notamment celle de l'Euskadi Ta Askatasuna, l'ETA. Goldman est accusé d'un double assassinat, qu'il nie, perpétré lors du braquage d'une pharmacie à Paris. Il sera acquitté après des années de prison passées pour l'essentiel à l'isolement qu'il évoque avec réticence dans ses mémoires, *Souvenirs obscurs d'un juif polonais né en France*. « Je ne parlerai pas de ce que j'ai vécu, éprouvé, connu, compris en prison [...] je considère qu'une telle narration constitue pour la machine répressive une source de documentation, de renseignement. Il me répugne d'accroître, en leur fournissant un tel matériel, la connaissance des juges, criminologues, sociologues… » Le langage militant de l'époque.

Pierre Goldman consacre ses années de détention à l'étude de la philosophie. Il écrit encore : « J'ai, en prison, surtout recherché, aimé, le commerce et la compagnie des hommes qu'on qualifie de malfaiteurs professionnels d'envergure. […] Je dois dire que je découvris que les voyous authentiques étaient essentiellement des hommes qui avaient résolu dans le crime l'incompatibilité entre le travail asservi et la vie, entre la peine, le labeur, et le plaisir. » Pierre et Hafed sont tous les deux soumis au régime de la « super haute surveillance », enfermés tout le jour, sans presque aucun échange avec les autres détenus. Le jeune homme sans boussole a soif de quelque chose que ni la discipline militaire, ni la vie en marge de la société n'ont su lui procurer. Le voisinage d'un intellectuel révolté est une chance qu'il va saisir. Goldman lui fait « des dictées au tuyau » selon les termes de Mimi, il parfait son éducation en soufflant ses leçons par la tuyauterie brinquebalante et rouillée, l'autre colle son oreille au mur toujours humide, couvert de salpêtre, malsain ; il écoute, il boit ces paroles, des mots nouveaux qui donneront un sens à sa colère.

Le 20 septembre 1979, Pierre Goldman sera assassiné sur une place du 13e arrondissement de Paris.

Lorsqu'Hafed sort de cette première incarcération, il essaie d'abord de prendre le droit chemin et postule comme professeur de sport dans un centre pour jeunes en difficulté. Situé dans une forêt de la région parisienne, le lieu est tenu par un homme à la personnalité forte et bienveillante qui a dévoué sa vie à la jeunesse à la dérive. Hafed espère s'y reconstruire et trouver un sens à sa vie. Les adolescents qu'il encadre sont autant d'incarnations de l'enfant plein de rage qu'il était. Mais il est encore trop jeune et trop impulsif pour se ranger. Cette retraite quasi monacale de quelques mois lui permet seulement de reprendre des forces. Bientôt, il retourne à Paris, retrouve la nuit et monte un nouveau coup.

Quand Mimi et lui se rencontrent, c'est parce qu'il a fait porter une voiture à réparer. Elle est vive, blonde, a toujours l'air amusée, elle a de l'esprit et le sens de la repartie. Elle connaît les voitures comme personne. Elle lui plaît. Peu après leur première rencontre, ils reprennent deux affaires : un restaurant, le Consul, avenue de Friedland, qui était géré dans les années 1970 par le parrain Jo Signoli, et était un des lieux favoris de rendez-vous des membres du Service d'action civique (SAC). Ils ouvrent aussi un garage, Garage 2000, porte de Clichy.

Dans leur restaurant, Mimi peut traverser la salle, d'un pas lent, et lui annoncer la recette à quelques dizaines de francs près. Elle lit des romans, ce qu'il admire. Il est fier de son intelligence. Elle lui enseigne ce qu'elle sait en matière de gestion, de comptabilité. Il est avide d'apprendre tandis qu'elle a soif d'expériences. Ils se trouvent. Mimi devient femme de voyou. Dans le langage des flics, c'est une définition qui vous colle à la peau. Mimi enfile ce manteau-là, souple comme une fourrure, dont elle choisira, bien plus tard, de se débarrasser.

Mimi, de profil, téléphone à la main, pantalon doré visible sous son long pardessus, quitte l'Élysée après les vœux du président de la République, en janvier 2018. Son ombre géante couvre le mur du palais.

© Karim Daher / agence Hans Lucas

La photo – elle ne vient pas de Bestimage, bien sûr – illustre l'article de Renaud Lecadre dans le *Libération* du 6 juillet 2018 où il annonce que la « première dame des paparazzis » a porté plainte contre les deux journaux ayant publié sa photo dans le bureau d'Emmanuel Macron. L'information est immédiatement reprise par la presse qui s'en amuse. « La reine des paparazzis », (*Capital*), ou celle « des infos people » (20 Minutes), attaque *Le Point* et *Le Canard enchaîné*. Elle est « l'arroseuse arrosée », selon *Le Dauphiné*… et ainsi de suite.

Cette publicité a pour effet inattendu d'ouvrir les vannes. Des informateurs nous contactent et nous parlent d'affaires que nous ne soupçonnions pas. « J'ai vu que vous écriviez un livre » ; « J'ai connu cette dame il y a longtemps et je voudrais vous raconter quelque chose » ; « J'ai lu dans la presse que… »

Nous sommes prudents, il pourrait s'agir d'informations bidons destinées à jeter le discrédit sur le travail d'enquête. Les vérifications sont donc particulièrement minutieuses.

Et le parcours sinueux continue d'émerger, lentement.

Une rue grise du 13ᵉ arrondissement. La façade, coincée entre un supermarché et un pressing où l'on distingue les vêtements pendus comme autant de fantômes, présente ces mots en lettres blanches, dans une typo sans artifices : TIR 1000.

1980. Hafed et Mimi ont fait table rase. Le restaurant est vendu, le garage aussi. Il faut rebondir. Par chance, c'est ce que Mimi fait le mieux.

Le quartier, derrière l'hôpital de la Salpêtrière, échappe encore à l'embourgeoisement de la ville. La rue étroite et populaire présente l'éventail habituel des commerces de proximité, et ce centre de tir. Au sous-sol, il y a les stalles en parpaings où l'on chausse un casque antibruit pour défourailler sur les cibles. À l'étage, le magasin vend des couteaux, des fusils, des armes de poing et des menottes. Le fusil d'assaut SIG vaut 4 000 francs, le Walther GSP 22 est à 2 860 francs. Un petit salon de détente offre de profonds fauteuils, style bureau, des étagères présentent les coupes obtenues par les compétiteurs, sur une table, dans un coin, il y a des gobelets pour le café. C'est là que Mimi, qui se fait appeler Myrtille, rencontre une jeune femme d'une vingtaine d'années. Appelons-la Alexandra. Elle nous a contactés sur LinkedIn, de son propre chef, en disant qu'elle avait beaucoup de choses à nous raconter.

Cette grande brune aux yeux très bleus, descendante sans le sou d'une famille aristocratique ruinée qui dégringole les échelons avec entrain, a ses bonnes manières pour seul héritage et le goût de l'aventure. À vingt ans, elle pose en couverture d'un disque sur lequel elle susurre, maracas et sifflets carioca en bruit de fond, une ode à Corto Maltese, comme une invitation au voyage. Depuis qu'elle a versé hors de l'univers doré dans lequel elle avait grandi, Alexandra est disposée à prendre la tangente. Elle aussi. Elle a travaillé dans une revue, *Double Action*, lancée en 1978 sous le parrainage de Gérard de Villiers, l'espion qui écrivait, le créateur de Son Altesse Sérénissime le prince Malko Linge, le fameux SAS. On a reconnu depuis que les livres de Villiers, injustement méprisés par les intellectuels, étaient très documentés et faisaient preuve d'une connaissance saisissante des enjeux géopolitiques. La revue existe toujours, elle s'appelle à présent *Action Pro Sécurité*. Alexandra l'a quittée à la suite d'un désaccord et a décidé de monter un magazine concurrent pour lequel elle cherche des partenaires et qu'elle baptise *L'Amateur d'armes*. Le directeur du club de tir a de l'affection pour elle, aussi organise-t-il, avec sa femme, une soirée afin de lui présenter des investisseurs potentiels. Myrtille est là. Tout le monde sait que l'homme qui l'accompagne, un brun solaire et musclé, au regard ombrageux, est un voyou connu. Il y a des gens à qui ça plaît : ils sont très entourés. Alexandra les aborde. Myrtille est blonde, drôle, vive. Son apparence soignée, sa langue rapide, son intelligence, la cigarette à sa main couverte de bagues, une attitude faite d'un mélange particulier de provocation et de soumission, intriguent Alexandra. Elle est intimidée par l'homme, attirée par sa compagne.

Une coupe de champagne à la main, elles vont sympathiser. Elles partagent la passion des armes à feu, nous raconte Alexandra. Mimi en a plusieurs de catégorie A (cela recouvre les automatiques, les fusils d'assaut et les armes de guerre). Elle laisse au centre certains de ses pistolets, notamment un Colt 45 de collection. Alexandra est fascinée. L'aisance de Myrtille dans ce milieu qui n'est pas le sien, son sens de la débrouille. N'avoir pas froid aux yeux. La jeune fille élevée à Neuilly dans des écoles huppées est séduite par la gosse de Vincennes à la gouaille populo qui affleure chez cette blonde de trente-quatre ans, son regard vert, froid, dur, le regard de quelqu'un qui a vu plus de choses qu'un autre. Que perçoit Mimi, elle, dans la jeune aristocrate qui tente de s'affranchir des codes de son milieu ? Lui plaît-elle vraiment ? Elles paraissent en tout cas se tenir chacune d'un côté d'un miroir qu'elles voudraient traverser, l'une lorgnant sur l'ombre, l'autre vers la lumière – même celle, affaiblie, des fortunes englouties et des dynasties abâtardies.

Alexandra monte, en même temps que sa revue consacrée aux armes à feu, un magazine sur le luxe, *Carat*, qu'elle lance en janvier 1981. Myrtille lui propose ses talents de comptable. Alexandra accepte. Mimi devient la comptable des éditions Ligre, qui éditent les deux revues d'Alexandra. Très vite, elle se rend indispensable. Selon l'ours de *L'Amateur d'armes*, elle remplit les fonctions de coordinatrice. Chez *Carat*, en plus de la comptabilité, elle organise bientôt les prises de vue et occupe officiellement le poste de directrice de la publication. Sous son vrai nom, Michèle Marchand : c'est rare. Elle rencontre ses premiers photographes.

Les deux revues sont diffusées en kiosque. *L'Amateur d'armes* dépend beaucoup de ses abonnés, des passionnés, tandis que *Carat* vit de la publicité. Les bijoutiers ont des contrats à l'année car il n'existe pas, à l'époque, d'autre journal faisant la promotion de la joaillerie. Myrtille constate avec intérêt qu'il se vend davantage d'exemplaires à Montrouge que dans le 8e. Il y a ceux qui peuvent se payer les produits et ceux qui s'offrent le rêve. Une leçon à retenir pour la femme qui proposera bientôt aux Français qui ne partent pas les vacances des people sur des plages paradisiaques.

Les membres de la petite rédaction sont invités à des lancements de produits chez Cartier, Chopard, Fred... Myrtille, mince, vêtue de jeans blancs et de vestes colorées, juchée sur des talons hauts, les cheveux tirés en queue-de-cheval, les ongles écarlates et les mains couvertes de bijoux, se fond avec avidité dans la foule qui scintille. Elle rencontre des actrices invitées par les marques et discute avec elles au buffet. Elle est alerte, elle a un humour brusque qui déclenche les rires, elle sait s'adapter à son interlocuteur. Dans ses yeux qui brillent passent les calculs, rapides et fous. Elle veut en être. Dans les fêtes au luxe tapageur, face soleil, elle rit, ondoie, engrange les contacts.

Le 10 mai 1981, Mitterrand est élu. La gauche arrive au pouvoir. Dans les dîners en ville, les gens comme il faut disent que les nouveaux ministres mettent les chauffeurs mal à l'aise en s'asseyant à l'avant pour ne pas avoir l'air de patrons et qu'ils tutoient tout le monde. Ceux qui ont de l'argent prennent la poudre d'escampette, vont s'installer en Suisse ou au Canada. C'est la grande cavale des gens friqués.

À l'époque, les NMPP distribuent les journaux et leur remettent des billets à ordre, c'est-à-dire des chèques avec une date d'échéance à trois mois. Pour permettre aux entreprises de presse de payer leurs charges courantes, les banques pratiquent ce qu'on appelle des escomptes bancaires : elles avancent les montants des billets à ordre. Or, tous les jours depuis l'élection de Mitterrand, des annulations de contrat publicitaire arrivent à la rédaction. Alexandra s'inquiète. En juin, elle apprend que les billets à ordre que sa comptable – Myrtille – a déposés à la banque sont des faux. Elle ne soupçonne pas tout de suite son amie et imagine plutôt que l'équipe de Villiers, à qui elle fait concurrence, lui a joué un tour – bien qu'elle peine à imaginer comment ils s'y seraient pris. Toujours est-il qu'elle s'est endettée et qu'elle est au bord de la faillite.

Myrtille se présente alors en bon samaritain. Elle propose à Alexandra de lui racheter ses parts et de prendre la direction de la société. La jeune femme accepte avec reconnaissance.

Quelque temps plus tard, elle reçoit un appel d'un loueur de voitures de luxe, Prestige Auto Étoile, installé dans le parking Foch. Il semblerait que le chèque de règlement de la dernière location ait été rejeté, lui dit son interlocuteur. Peut-elle faire le nécessaire pour régulariser la situation ? Alexandra répond qu'il y a erreur. Louer des voitures ? Elle n'a même pas le permis, qu'en ferait-elle ? Elle se rend finalement dans le parking pour clarifier les choses et le loueur doit reconnaître qu'il ne l'a en effet jamais vue mais que des véhicules sortent bien à son nom depuis des mois. Il lui ouvre le dossier dans lequel elle découvre que Myrtille loue aux frais de sa société des limousines. Pensive, la jeune femme regarde sur les factures la faute d'orthographe que fait Myrtille à son nom.

Mimi, elle, ne se souvient de « rien du tout » : « Je n'ai aucun souvenir de cela, assure-t-elle. Si vous voulez dire des choses vraies, et aller au bout des choses, vous serez peut-être foutus de retrouver les vieux numéros de *Carat*. S'il y a eu des voitures louées, c'est évident qu'il y a eu un sujet. » Quelques minutes plus tard, Mimi a fouillé dans ses souvenirs (« 37 ans ! vous vous rendez compte ? ») et nous envoie ce SMS : « Je suis à peu près certaine qu'il y a eu un article sur un Français qui fabriquait une superbe voiture décapotable à partir d'un châssis de Ford T. Il s'appelait Alain Clénet. Une agence à Paris en avait une et je me souviens parfaitement que nous l'avions louée pour faire des photos et un article dans *Carat*. C'était une réussite story formidable : "Un Français qui fait fortune aux USA avec une voiture etc..." Si cet article n'est pas dans le numéro 1 ou 2 de ces magazines, c'est qu'il était prêt pour le numéro 3 qui n'a jamais vu le jour. »

Le numéro 3 du magazine *Carat* a en réalité existé et est sorti de presse en août 1981 avec, en couverture, une photo en gros plan de Diana : « Les bijoux de Lady Di ». Le sommaire, jauni, ne fait état d'aucun sujet sur les voitures. Mais il comporte par contre ce titre, page 59 : « Mésothérapie : comment j'ai acquis des jambes de star ». Par Myrtille Marchand.

Une carte postale aux couleurs des années 1980 travaillées pour les faire ressembler à celles d'un vieux film en Technicolor. Les autoroutes de Los Angeles sous le ciel bleu, la piscine d'un hôtel entourée de palmiers en plastique, des jeunes gens aux veines chargées de substances qui filent à rollers, presque nus, les cheveux mêlés de sable et de soleil, sur le bitume qui borde la plage infinie.

1982. Mimi a trente-cinq ans. À Los Angeles, le soleil est implacable, les voitures sont immenses, il n'y a pas de trottoirs, tout le monde est étranger et l'âme de la ville, rapace et lâche, jouisseuse et sexy comme un après-midi à la plage, profiteuse, nourrie des débris de millions de rêves, attire Hafed et rebute Mimi. Il voit l'aventure, elle devine le vide. Il sent la nouveauté, elle, le néant. Il pense pouvoir s'affranchir ici, dans ce pays où l'on vient pour se réinventer, du regard des autres et de sa réputation. Idéaliste, il rêve d'une renaissance. Il pourrait devenir un autre. Mais Mimi, qui commence à entrevoir quelque chose en France, qui tisse, patiemment, le filet qui la retient, n'est personne dans cette ville immense. Pour exister, il faudrait tant dépenser. Ici, elle se perd. Pour la première fois, elle prend peur. Tout recommencer, encore et encore, elle s'en sent capable, car il reste toujours quelques braises au milieu des cendres : un contact, un ami, une info. Quelqu'un qui vous doit quelque chose. En Amérique, elle ne peut rien espérer, le soleil aveuglant efface les formes et les reliefs, et les noms des banlieues où ils tentent leur aventure immobilière – est-ce Pasadena, Long Beach ou ailleurs, on dit toujours Los Angeles – ne lui parlent de rien. « C'est Angoulême avec des palmiers », grogne-t-elle aujourd'hui.

Ses racines ne sont pas ici. Son terrain, son réseau, ses affidés et ses ambitions, ne sont pas ici. Elle multiplie les allers et retours et s'éloigne d'Hafed.

En France, les nuages s'amoncellent pourtant : les éditions Ligre, interdites de chéquier notamment, ne peuvent plus fonctionner et sont en état de cessation de paiement. Mimi ne connaîtra pas la fin de l'aventure. On ne sait pas où elle est quand les magistrats du tribunal de commerce statuent, le 8 juillet 1983 : « Mme Marchand s'est comportée, avec la complicité de Mme Alexandra, gérante de droit, comme une véritable gérante de fait. (...) elle a fait des actes de commerce dans son intérêt personnel et disposé des biens sociaux comme des biens propres. Elle a par ailleurs reconnu, qu'en vue de procurer des fonds à la société, elle avait établi des faux bordereaux des NMPP. » Trois ans plus tard, en 1986, Mimi, toujours en son absence, est condamnée au pénal à six mois de prison pour émission de chèques sans provision, falsification et usage. Elle fera appel en 1989 et obtiendra une relaxe des faits de falsification. La peine sera ramenée à quatre mois avec sursis pour émission de chèques sans provision.

Interrogée trente ans plus tard sur ces condamnations, elle prétend que nous avons tout faux : « Ça n'a rien à voir avec moi, les éditions Ligre, assène-t-elle. J'ai été jugée sur une histoire de chèque, mais ça n'a aucun rapport.

À cet instant, son assistante entre dans le bureau avec un sourire navré et un téléphone à la main :
— Excuse-moi Mimi, est-ce que tu veux relire ?

— Qu'est-ce qu'ils ont mis pour Pamela Anderson ? souffle Mimi.

L'assistante répète la question au téléphone :
— Qu'est-ce que vous avez mis sur Pamela Anderson ? (...) Rien sur Pamela !

— Dis-leur qu'ils disent : «D'après Puremédias, il semblerait que Pamela Anderson, son nom circule de nouveau dans l'histoire.» Et ça, je veux le relire.

Elle se retourne vers nous et lâche : — C'est une histoire de chèques sans provision pour laquelle j'ai été incarcérée et condamnée. Voilà.

— On peut aller en prison pour des chèques sans provision ? Vous deviez être en récidive, non ?

— Non. Peut-être. C'est des années de ma vie que j'ai zappées. »

Elle regarde dans le vide alors que flottent un instant dans le grand bureau les fantômes de ces vieilles histoires, exhumés des dossiers de justice tapés à la machine à écrire, que nous tirons des archives poussiéreuses des tribunaux.

Une jolie femme brune en maillot de bain rayé, sur une plage ensoleillée, dans l'eau cristalline jusqu'aux genoux, un bébé dans les bras.

Voici, 26 décembre 2014,
« Alessandra Sublet – Un Noël au soleil »

Le 26 mars 2015, peu après la parution de ces images, l'animatrice Alessandra Sublet décide d'attaquer le titre en justice, et non pas *Closer* qui, trois jours plus tôt, lui a pourtant consacré lui aussi sa une sous le titre : « Alessandra Sublet. Premier Noël à quatre ». Les photographies publiées par *Closer* et *Voici* sont toutes de Bestimage, l'agence de Mimi.

L'animatrice et son mari réclament plus de 15 000 euros de dommages et intérêts en réparation de leur préjudice. L'ordonnance de référé, rendue le 15 mai 2015 par le TGI de Paris, est savoureuse. Si les juges accordent au couple Sublet 2 000 euros pour une atteinte à leur vie privée et à leur droit à l'image, leur argumentaire mérite que l'on s'y attarde. Ils relèvent d'abord que ce n'est pas sans raison que les avocats de *Voici* qualifient d'« exceptionnelle » la complaisance d'Alessandra Sublet à l'égard de la presse. Elle a en effet souvent évoqué publiquement des éléments de sa vie privée, y compris les plus intimes : amour, grossesse, maternité, « Clément et moi nous y travaillons activement »… « comportement qui démontre le peu de prix qu'elle accorde elle-même au respect de sa vie privée et attise la curiosité du public, incitant les magazines spécialisés à satisfaire cette curiosité ». Les magistrats mettent également en doute la paparazzade : « Il n'est pas établi que les clichés incriminés ont été pris au téléobjectif, non plus que les demandeurs ont fait l'objet d'une quelconque traque, les clichés en cause ayant manifestement été pris dans un même trait de temps, au même endroit, connu pour être le lieu de villégiature privilégiée de la demanderesse », écrivent-ils.

Enfin, ils s'étonnent que l'auteur des clichés, Bestimage, n'ait pas été poursuivi, pas plus que le magazine *Closer*, dirigé par Laurence Pieau, très proche de Mimi. En réalité, Alessandra Sublet et Mimi Marchand se connaissent bien. Le serveur de Bestimage regorge de photographies de l'animatrice, comme cette série « exclu », une fois encore à Saint-Barthélemy, en août 2017, dont la légende précise : « Exclusif – Prix Spécial – No Web No Blog – Merci de flouter le visage des enfants avant publication ».

Curieux théâtre d'ombres.

Le papier blanc a jauni mais on imagine qu'il dégage encore, presque imperceptible, l'odeur typique de la ronéo, un mélange d'alcool et d'amande, pourtant déjà plus rare au milieu des années 1980. Édité par un comité de soutien aux prisonniers politiques, le document reprend trois tracts de revendication de détenus et donne les noms de celles et ceux qui participent à la grève de la faim initiée par cinq membres d'Action Directe incarcérés. Parmi les grévistes, la « camarade Betty Sebaoun ».

1986. Mimi est en prison. Elle va faire la connaissance, à Fleury-Mérogis, de deux femmes qui joueront un rôle important dans sa vie. Sur la première, Betty, Bernard Lavilliers a écrit une chanson éponyme :

> *Tu n'as pas sommeil, tu fumes et tu veilles*
> *T'es toute écorchée*
> *T'es comme un chat triste perdu sur la liste*

Des objets trouvés
La nuit carcérale, tombant sur les dalles
Et ce lit glacé

L'administration pénitentiaire apparie les détenus en fonction de critères psychologiques et sociologiques. On place Mimi dans la cellule de Betty Sebaoun, une jolie fille d'apparence fine et fragile, dont les longs cheveux ont des couleurs d'incendie. Elle a, elle aussi, plusieurs vies derrière elle. En détention, elle a repris ses études et prépare une licence de droit. Au dehors, elle a été maquilleuse pour des artistes de variété comme Sheila ou Claude François avant de participer à cinq braquages en quelques mois puis à un triple meurtre avec son compagnon Philippe Allouche – qu'elle épousera plus tard, en prison. Leur histoire fera la une des journaux à sensation, rubrique faits divers. En 1980, boulevard Barbès, trois personnes de la communauté des gens du voyage, Paul Martin, Pierrette Demeleumester et Alain Thabouret, sont abattues à coups de carabine. Trois autres sont rapidement arrêtées : Alain Caron, un homme ultra-violent et déséquilibré, Betty et son compagnon Philippe Allouche. Issu d'une famille du grand banditisme apparentée au clan Zemmour, ce dernier est né et a vécu dans la violence : son père est mort dans un règlement de comptes, sa mère gère des hôtels de passe, son frère est détenu pour un triple meurtre. C'est avec lui que Betty a commis les braquages du début de l'année. À la suite d'un différend, Philippe Allouche a été tabassé et laissé pour mort. C'est Betty qui l'a soigné. Une fois sur pied, il a réclamé à ses agresseurs le prix du sang : une indemnité de 100 000 francs pour le préjudice causé. Ils ont refusé ; il a voulu se venger. Betty l'a suivi. Elle racontera elle-même, à l'audience, que lorsqu'il a annoncé : « Je vais faire une affaire », elle lui a répondu : « Nous sommes deux. »

En 1984, alors qu'elle n'a pas encore été jugée, Betty a participé à une grève de la faim en soutien aux mutineries dans les prisons pour hommes. Les revendications concernaient notamment la suppression de l'isolement, auquel sont soumis certains prisonniers pendant leur détention entière. En punition, elle a été transférée dans une prison bretonne.

Le procès commence enfin, en janvier 1985. Après trois jours d'audience aux assises de Paris, Philippe Allouche avoue les meurtres qu'il avait toujours niés et tente d'innocenter Betty et leur co-inculpé Alain Caron. La cour demande un supplément d'information, l'avocat général déclare : « Ces aveux suspects passés six ans après les faits ne changent strictement rien à la position du ministère public qui n'abandonnera l'accusation ni contre Betty Sebaoun ni contre Alain Caron. » En 1986, Betty est en effet condamnée à vingt ans d'emprisonnement pour sa complicité dans les braquages et dans le triple meurtre.

Betty, aujourd'hui libre et que nous avons retrouvée, refuse de nous parler. « Vous vous doutez bien que je lui ai dit de ne pas vous répondre », nous dira Mimi. Entre la conseillère de la première dame et l'ancienne braqueuse multirécidiviste, c'est pour la vie.

Dans la cour de promenade, Mimi se lie d'amitié avec Danielle Mori, une solide petite brune qui fait des animations dans des boîtes de filles à Paris. Les établissements gays pour garçons se sont multipliés depuis la fin des années 1970, mais ceux destinés aux femmes sont encore rares : il y a un créneau.

Quand elles sortent, elles reprennent ensemble le Memorie's, rue de Ponthieu. Danielle Mori s'occupe de l'ambiance, Mimi des comptes. « Elle sera la caissière et lui sera le patron », chantait Piaf. Mimi reproduit avec Danielle Mori ce partage des tâches qu'elle avait initié dans son premier garage, puis avec Hafed. Le comédien Jean-Claude Dreyfus se souvient des soirées mémorables avec les deux femmes, notamment au Katmandou. Il avait aussi donné un spectacle dans leur club : « On était les rois et les reines de la nuit. Quand elles étaient en prison, on disait qu'elles étaient parties en Amérique. Ça ne dupait personne, mais c'était joli », raconte-t-il.

À la même époque, pendant un peu moins d'un an, elle gère le Privé, une boîte de la rue de Ponthieu où se mêlent fêtards parisiens et escort girls. Sous son toit, des hommes riches ou puissants rencontrent des jolies filles ambitieuses. Finalement, c'est ce que Mimi ne cessera jamais de faire : mettre les gens en contact, pour le plus grand avantage des deux partis.

Mimi a pris la nuit d'assaut. Proche de Lydie Vanverberghe, femme du célèbre voyou Francis le Belge et patronne du First, un bar à hôtesses de luxe dans la même rue que le Privé, Mimi navigue en eaux troubles. Elle est intuitive, loyale jusqu'à un certain point. Elle a toutes les qualités pour se développer dans le triangle chaud des nuits parisiennes où la rue de Ponthieu tient lieu de veine jugulaire.

1986. La nuit a ses dangers et Mimi a arnaqué la mauvaise cliente. Sa victime, colossale, est connue pour être une dingue de la gâchette. Elle a la réputation de poursuivre son mari, un gangster, jusque dans les toilettes des clubs qu'il fréquente, une arme à la main, pour lui faire regagner le domicile conjugal. Mimi a tenté une entourloupe à la carte bleue, la femme n'a pas apprécié. Dans l'entrée du club, devant son personnel, elle rectifie le portrait de Mimi à coups de talons aiguilles. Personne n'ose intervenir : la dame et son époux n'ont pas bonne réputation. Mimi en garderait une cicatrice sur le cuir chevelu.

Elle nous affirme catégoriquement n'avoir aucun souvenir de cette histoire.

Sur l'image, on ne peut pas deviner où l'on est, c'est une pièce anonyme. Il y a un faux plafond beige, un mur nu. Comme souvent, Mimi pose avec cet air amusé de vous avoir joué un tour et ses fossettes profondes qui rappellent l'enfance. Le regard vert est droit, direct, les yeux plissés de sourire. Elle porte un dos nu sur un pantalon beige. Elle a les mains dans les poches et une épaule en avant, comme un mannequin.

Séance de photo organisée pour les détenues
de Fleury-Mérogis, 1986

Hafed a abandonné ses rêves américains pour rentrer s'occuper de son père malade. Mimi et lui sont séparés. Désormais connu dans le Milieu sous le nom de « Le Rouge », il est soupçonné d'avoir participé à l'un des plus gros braquages de l'histoire de France, celui du centre fort de Saint-Nazaire, en juin 1986, avec une bande aux motivations diverses composée de braqueurs professionnels et de militants d'extrême gauche : trois

Algériens, trois Français, un Chilien et deux Italiens proches de l'organisation Prima Linea. Le butin s'élève à 88 millions de francs (13,4 millions d'euros), deux fois plus élevé que celui d'Albert Spaggiari lorsqu'il avait percé les coffres de la Société générale de Nice par les égouts. Les braqueurs ont séquestré la famille du directeur de la banque toute la nuit, avant de le forcer à ouvrir les coffres. L'homme a été blessé, sa femme et ses enfants, terrorisés. La police ne parvient pas à prouver la présence d'Hafed sur les lieux, le chef retenu est seulement le recel : une somme importante est saisie après son arrestation dans une cabine téléphonique du 8e arrondissement. Il se laisse emmener sans résistance mais il refuse de dire qui il appelait.

Lors de sa garde à vue, quand on l'interroge sur Michèle Marchand, Hafed répond, laconique : « Je n'ai plus de contacts avec elle. » Mimi, qui vient de sortir de détention, a pourtant tout de suite demandé un droit de visite pour aller le voir. À l'époque, il faut passer devant le juge, qui veut savoir à quel titre elle sollicite ce permis. « Ex-compagne », répond Mimi, fidèle à sa façon. Elle passe donc chez Hafed pour prendre du linge et le trousseau du prisonnier. La liste lui est connue.

L'attente devant l'entrée de la prison où sont toujours massés un groupe de femmes chargées de paquets – les mères, les femmes, les sœurs – et quelques enfants survoltés. Les grilles, les matons maussades et méprisants, les sonneries, les couloirs, les ordres donnés d'une voix rogue, même quand on est du « bon » côté. Les affiches sur les murs, le règlement, tout ce qui est interdit dans les colis, tout ce qui sera confisqué, tout ce qui vaut annulation du permis de visite. Les bruits de la prison, familiers. C'est assez pour accélérer même le pouls le plus tranquille. Quand elle arrive au parloir, Hafed, un peu pâle, l'accueille d'un : « Dans quelle merde tu t'es foutue ! Ils vont plus te lâcher », nous raconte-t-elle avec humour.

Mais Mimi est déjà dans le collimateur. Un sous-marin planque la nuit en bas de chez elle et une traîne de policiers la suit dans Paris. L'argent du casse n'a pas été retrouvé, seulement quelques centaines de milliers de francs chez les différents inculpés. Et les enquêteurs se demandent si Mimi ne sert pas de blanchisseuse aux braqueurs, avec le Memorie's et le Privé, d'autant qu'elle essaie alors de réunir des fonds pour reprendre un lieu en son nom seul, le Garage, rue de Washington. Tandis qu'ils la surveillent, elle fait aussi de la récupération de dettes pour Hafed. Elle appelle ses créanciers et leur réclame les remboursements dont ils espéraient s'affranchir depuis qu'il est incarcéré. Face à un mauvais payeur, elle envoie quelqu'un de plus convaincant, un homme au format d'armoire à glace. Dans ses déclarations à la police, ce dernier raconte qu'il effectuait ces « démarches » à la demande de Mimi en se faisant connaître sous le nom d'Hafed « Le Rouge ». Le reste du temps, ce géant fait du bricolage pour Mimi.

Les années 1980 voient ouvrir et fermer les boîtes parisiennes à un rythme soutenu. Chez Régine, le Palace, l'Élysée-Matignon, les Bains-Douches, la Scala, l'Opéra Night, le Rose Bonbon, le Ring, le Keur Samba... Pour les femmes, il y a le Katmandou puis le Pulp. Certaines ont marqué l'histoire de la capitale, il y en a qui existent encore, d'autres ont disparu sans laisser de trace. Parmi elles, le Garage. Dans *L'Officiel de la mode* n° 699, en 1984, le chroniqueur Guy Monreal raconte : « Au "Garage", des dames très déshabillées sont les vedettes de la soirée donnée à l'occasion de la sortie du livre de Monique Chouraqui, *Les Dessous des porte-jarretelles*, et rue François-Ier on inaugure, dans les plâtres, la nouvelle boîte de nuit de Michel Ammel, "Soleil noir", et son restaurant, "Atmosphère", divinement décoré par la divine Joy de Rohan-Chabot. »

Quatre ans plus tard, *L'Officiel hommes* n° 73 écrit : « Le "Garage", qui piétinait faute de roulement (de clientèle) et de billes (célèbres), est reparti sur les chapeaux de roues avec la soirée de réouverture en black tie donnée par Yves Pannard en présence de Guy Lux, Eddy Mitchell (...) »

Entre les deux, il y a eu Mimi.

Tout en gérant les finances du Memorie's et en récupérant des chèques pour Hafed, elle est parvenue à réunir de quoi reprendre le Garage en 1987. Mais en novembre, quand elle est entendue pour la première fois sous le régime de la garde à vue dans le cadre de l'enquête sur le casse de Saint-Nazaire, elle justifie l'origine de son investissement en disant qu'il s'agissait d'un prêt de Didier Pironi, nous racontera-t-elle. Ce dernier, un jeune pilote automobile au visage rond et insouciant, a été blessé lors d'un terrible accident pendant le Grand Prix d'Allemagne, quelques années auparavant. Il a eu les jambes broyées et a frôlé l'amputation. Malgré une longue rééducation, il n'a pas pu recommencer la compétition automobile et il participe à des courses en bateau offshore – seuls deux pilotes français pratiquent cette discipline ultra-dangereuse. Par le biais d'une société implantée en Suisse, il a investi dans l'établissement de Mimi. Malheureusement, il est mort rapidement après et ne pourra donc jamais le confirmer aux enquêteurs.

Elle ressort libre mais, deux mois plus tard, en janvier 1988, elle est arrêtée à nouveau et, cette fois, conduite directement en maison d'arrêt, en détention préventive, ou provisoire comme on dit aujourd'hui. « Direct au placard », nous résume-t-elle avec ce curieux mélange d'entrain et d'amertume. Le chef d'accusation, « constitution d'une société étrangère dans le but d'investir de l'argent frauduleux en France », paraît à Mimi avoir été inventé pour elle, nous dit-elle.

À Fleury, elle retrouve Betty.

En juin 1989, elle est extraite pour le procès en appel de l'autre affaire dans laquelle elle est mise en cause, celle de *Carat* et *L'Amateur d'armes*. Quinze jours plus tard, son avocat lui apporte la bonne nouvelle : relaxe pour la falsification de chèques, sursis pour l'émission de chèques sans provision.

Mais Mimi reste en préventive. Le temps est long. Hafed est libéré. Elle est malade, fatiguée, elle nous confie qu'elle fait des œdèmes de Quincke. Elle est placée à l'unité hospitalière de Fresnes. Son avocat multiplie les démarches, en vain. Dans les couloirs du tribunal, lorsqu'elle est convoquée pour une audition, on la surnomme « la blanchisseuse de Saint-Nazaire », se souvient-elle mi-figue, mi-raisin.

Enfin, en janvier 1990, une nouvelle juge reprend le dossier et la convoque. C'est un vendredi. Le non-lieu est prononcé. Ordre est donné de la libérer immédiatement. À minuit moins une – au-delà, ce serait de la détention arbitraire –, une matonne l'accompagne au bout de l'allée jusqu'à une barrière blanche. Là, il y a un téléphone.

Mimi nous raconte qu'elle appelle sa fille :

— Allô ? C'est maman.

— Tu t'es évadée ?

— Oui ! Tu peux venir me chercher ?

Mimi aime bien relater cette histoire, d'entre tous ses récits de détention : elle y est la victime d'une justice arbitraire.

Ce soir d'hiver, elle n'a plus rien, toutes ses affaires tiennent dans deux grands sacs-poubelle. Il fait nuit. Il fait froid. À la lueur jaunâtre des réverbères, elle attend sa fille qui fonce en voiture. Encore une fois, il va falloir tout recommencer. Mais il reste toujours quelque chose dans les décombres qui semblent clore tous les chapitres de sa vie. Cette fois, c'est un projet

– les boîtes de nuit ; et un homme – celui à qui elle a envoyé ces portraits d'elle pris à Fleury. Mimi est amoureuse.

Mimi pense connaître le nom de notre futur éditeur. Elle l'a appris d'un escroc médiatique, que nous avons interrogé et qui s'est fendu d'un « Mimi, c'est du crade, je pourrais en raconter des belles. Vous connaissez ses liens avec les flics ? Voyons-nous demain ! », avant de prévenir aussitôt la principale intéressée. Elle s'est un peu fait prier avant de le prendre au téléphone – elle ne l'aime pas beaucoup – mais il a insisté, lui a fait dire qu'il avait de bonnes infos. Elle a fini par accepter et ne l'a pas regretté. Il lui a raconté qu'un livre se préparait (elle le savait déjà), lui a donné, un peu écorché, le nom des auteurs (elle en connaissait deux) et celui de l'éditeur (ça, elle l'ignorait). Il lui a dit que dans le livre, on raconterait qu'elle avait été une indicatrice de la police, idée qu'il nous avait lui-même suggérée au téléphone, c'est habile.

« Alors c'est vous qui racontez partout que je suis une indic ? Moi qui ai fait tant de prison parce que je ne voulais balancer personne ! C'est dingue », s'indigne Mimi, émue, quand nous la rencontrons.

Plusieurs grands flics de la police judiciaire, dont un ancien directeur du 36, nous confirmeront qu'elle leur parlait régulièrement, comme beaucoup de patrons de clubs. Toutefois, elle n'est pas immatriculée au SIAT (service interministériel d'assistance technique) qui gère le registre des informateurs mais elle conserve des liens privilégiés avec la police. En 2016, Bestimage, son agence, a l'exclusivité de la soirée donnée au théâtre du Châtelet pour les quarante ans de la brigade de répression du banditisme parisienne. Le reportage est diffusé le 17 mai sur Purepeople.

À l'époque des boîtes de nuit, son interlocuteur au sein de la police était un membre de la « voiture cabaret ». Rattachée à la Mondaine (devenue la brigade de répression du proxénétisme), cette unité spéciale était chargée de la surveillance des nuits de la capitale – 364 nuits sur 365 pour être exact : celle du 1er au 2 janvier était chômée. Ils étaient l'œil et l'oreille du préfet de police. À moins d'une dizaine, ils devaient savoir ce qui se passait dans environ cinq cents établissements où ils s'arrêtaient pour boire un verre, discuter, jeter un œil. Ce travail de renseignement dessine le visage de plusieurs décennies de la fête et de la pègre. Les policiers savaient quel voyou fréquentait qui et à quel endroit, quelles étaient les filles qui travaillaient, quelle enseigne allait changer de main, qui protégeait qui… Ils rédigeaient aussi des « blancs » à destination de leur hiérarchie sur les préférences sexuelles des personnalités. Dans ce contexte, on comprend l'importance et l'étroitesse des liens qui se nouaient entre eux et les patrons de club.

Quand on vit la nuit, on a bien des choses à raconter, à chuchoter, avant de se dire, un jour, que le plus malin serait de les taire.

2018. Le procureur avait réclamé des amendes « très significatives » contre deux représentants de *Closer* – la directrice de la rédaction et le directeur de publication – et contre Cyril Moreau et Dominique Jacovides, auteurs d'une photo de Kate Middleton seins nus prise dans une propriété privée du sud de la France. En 2012, la publication de cette image avait choqué la couronne britannique et le prince William s'était exprimé à ce propos, évoquant des faits « particulièrement douloureux car ils nous rappellent le harcèlement à l'origine du décès de ma mère », Diana Spencer. La publication des images vaudra à *Closer* la peine maximale : les deux dirigeants du magazine sont condamnés à 45 000 euros d'amende et devront verser 100 000 euros de dommages et intérêts au couple princier (qui réclamait 1,5 million d'euros). Le 19 septembre 2018, la peine est confirmée en appel. Les deux photographes seront eux condamnés à une amende de 10 000 euros chacun, dont 5 000 avec sursis.

Rappelons que Dominique Jacovides, de l'agence Bestimage, est l'un des deux photographes qui suit le couple Macron pour le compte de Mimi. On s'amuse : que penserait la France du fait qu'un photographe quasi officiel de la reine d'Angleterre soit pris à voler des images de Brigitte Macron topless ?

Des petits tracts orange, violet, rose, imprimés sur du papier de mauvaise qualité, vantent les soirées du Memorie's. « Soirée décoiffante au Memorie's, les flambeuses sont invitées à participer ! 78 bd Gouvion-Saint-Cyr. » Ces flyers dont l'encre a bavé sont les vestiges de nuits qui semblent curieusement bon enfant.

Mimi ne se laisse pas facilement décourager. En janvier 1990, après deux années de placard sans condamnation – c'est long –, elle retourne vers la nuit, sa chaleur moite et ses ombres rassurantes. Pour le Garage, c'est raté, le lieu a changé de mains. Elle fait la connaissance du patron d'une boîte de nuit prisée de la communauté musulmane installée sous le Palais des congrès, porte Maillot. On y accède par le boulevard Gouvion-Saint-Cyr ou par le 2 place de la porte Maillot. Comme c'est le début du ramadan, la période est quasiment chômée pour lui. Elle lui propose de sous-louer pendant un mois. Si ça marche, elle le paiera. Sinon, elle s'en ira. Il accepte. Avant de le quitter, elle lui demande 20 000 francs en rab, pour acheter des disques et de l'alcool. Son culot paie, il accepte.

Le public du premier Memorie's, fidèle, est de retour. Il y a des tables, une petite piste pour danser ou pour les spectacles. Les consommations sont à 50 francs, Mimi organise des tombolas et des animations.

Pour obtenir « l'autorisation de nuit » de la préfecture de police, indispensable pour ouvrir un établissement nocturne, elle s'est adressée à Martine Monteil, la patronne de la Mondaine, qui lui a répondu : « Au premier problème, vous m'appelez, sinon je vous fais fermer. » Mimi a promis. Lorsque des coups de feu sont tirés, un soir, elle téléphone tout de suite. La Mondaine est déjà au courant, un vigile du Palais des congrès qui avait entendu les tirs les a appelés, mais Mimi a prouvé qu'elle était fiable.

Elle assure que les boîtes de nuit lesbiennes génèrent peu de problèmes et n'ont pas besoin de protection. Quand il n'y a que des filles, on ne trouve ni caïds ni prostitution. Lorsque des voyous essayent d'entrer, son service d'ordre et sa physionomiste, une minuscule Thaïlandaise, les repoussent sans ménagement. S'ils insistent, s'ils reviennent trop souvent, Mimi sort en personne. Elle n'a peur de rien : « Je peux aussi bien qu'un autre jouer du calibre, lance-t-elle crânement. Ne venez pas nous emmerder ! » Elle prétend que ça suffit à calmer les choses. Dans le milieu de la nuit, l'argent circule souvent en liquide. Les voyous aiment flamber mais aussi se sentir chez eux, consommer sans payer, avoir les plus jolies filles – ou assister aux spectacles les plus émoustillants. Plusieurs sources proches du Milieu nous racontent que Jacques Imbert, dit Jacky le Mat, devenu le héros du film *L'Immortel*, interprété par Jean Reno et adapté d'un roman éponyme de Franz-Olivier Giesbert, aurait assuré la protection d'au moins un des établissements de Mimi. « Je ne l'ai jamais vu de ma vie », affirme-t-elle.

Mimi, en tailleur satiné, au milieu de la salle vide du Cirque. Ce doit être l'après-midi – l'after finit à 13 heures. Elle a retiré ses chaussures, on devine que les talons hauts la blessaient ; le visage un peu défait. Les mains écartées, elle adresse au photographe un sourire désarmant de comtesse aux pieds nus.

La photo est entassée avec des dizaines d'autres dans une boîte à chaussures, souvenirs du bon vieux temps.

Début des années 1990. James Arch, cinquante ans, écume les nuits parisiennes depuis qu'il a lancé en 1965 le Bus Palladium, dans le 9e arrondissement, une boîte où se produisaient les groupes de l'époque, devant une « jeunesse démocratique » – elle tient son nom du véhicule affrété pour ramener les banlieusards chez eux. En 1985, James Arch a racheté un local situé rue de Ponthieu à Bernard Tapie qui y avait installé un supermarché bio, en sous-sol, à l'emplacement du Studio A, un ancien cinéma. Il y organise des « soirées gays », des « soirées jeunes filles », et ainsi de suite, jusqu'à la nuit où il est agressé en rentrant chez lui : un jeune voyou lui tire dans le cœur. Il en réchappe de justesse mais décide de changer de vie et cherche un repreneur.

Autant que faire se peut, la police exerce son contrôle sur les cessions d'établissements nocturnes. Dans les années 1980, les Russes ont investi en masse et la préfecture de Paris n'aime pas ça : blanchiment, mafia, comptabilités occultes... Le contact de Mimi à la mondaine entend parler du projet de vente et la met en relation avec Arch.

Mimi a quarante-cinq ans, une voix rauque de fumeuse, le souffle un peu court, mais quelque chose de pétillant, l'air de s'amuser, d'avoir envie de profiter. Ses cheveux sont impeccablement lissés et blondis dans les salons de coiffure du 8e arrondissement. Elle est souriante, franche, assurée : James Arch n'a aucune confiance en elle. C'est une nouvelle venue dans le monde de la nuit. On lui a rapporté qu'elle avait effectué des squats commerciaux dans plusieurs boîtes de nuit – elle dit qu'il s'agissait de locations – et il sait qu'elle a des liens avec les voyous : elle est l'ex-compagne de Hafed Le Rouge.

Au cours de sa dernière incarcération, Mimi a noué une relation épistolaire avec un autre détenu, Maurice Demagny. Mis en contact par leurs compagnons de cellule, ils s'écrivent et découvrent qu'ils se sont déjà croisés plusieurs années auparavant, dans le garage de

Mimi, nous racontent-ils tous les deux. Maurice avait déposé une voiture accidentée. Ils s'étaient remarqués. Mais Mimi était avec Hafed. À présent, dans la solitude et l'ennui de la détention, il se passe quelque chose.

Maurice Demagny est en provisoire pour le braquage de la banque Monod à Paris, le 11 juin 1985. Un casse tout en douceur : Maurice et ses complices ont simplement frappé à la porte de la caisse centrale de l'agence, qu'on leur a ouverte sans vérifier leur identité. Le caissier et le chef de caisse ont été ligotés et les trois bandits sont repartis avec un peu plus de trois millions de francs. Mais la police est remontée jusqu'à eux. En février 1990, le journaliste qui suit le procès notera l'élégance et le panache de ce vieux « voyou séduisant » qui, précise-t-il, a un « casier judiciaire long comme une fable de La Fontaine ». Maurice Demagny, d'une dizaine d'années plus âgé que Mimi, a en effet beaucoup de charme. Il est de ces braqueurs qui jouent de malchance, pas plus mauvais que d'autres mais pris plus souvent. Il aura passé presque la moitié de sa vie à l'ombre sans avoir jamais blessé personne. C'est une histoire de famille. Son père avant lui avait davantage connu la prison que la vie de famille, et sa propre fille a grandi sans lui. Aujourd'hui, ils se sont retrouvés et quand elle lui demande, en passant devant l'ancien tribunal de Nantes transformé en hôtel quatre étoiles, « Tu as déjà dormi ici papa ? » il se trompe et répond : « À la prison de Nantes ? Bah oui, c'est même là que j'ai fait ma première peine. » Il avait quinze ans.

James Arch est donc méfiant, mais il est aussi pressé, et puisque la police lui assure que Mimi est fiable, il demande à ses avocats de rédiger un contrat de cession par lequel il réclame un paiement comptant de 200 000 francs contre la remise des clés. Il impose également que la repreneuse crée sa propre société d'exploitation sans tarder.

Le jour prévu pour la signature, James Arch trouve Mimi en bas de chez son avocat. Elle lui adresse un sourire désarmant.

— T'as pas le fric ? demande-t-il, et c'est à peine une question.

L'explication est compliquée, l'argent est bloqué en Suisse, elle l'aura bientôt… Elle est convaincante, insistante, elle plaide : elle a donné congé à sa précédente boîte, son personnel attend, ainsi que sa clientèle. En gage de sa bonne foi, elle a apporté une avance, la moitié du montant prévu. James Arch entendra dire qu'elle l'avait emprunté à Anne-Marie Rassam, la femme de Claude Berri. Maurice Demagny, lui, raconte qu'il s'agissait de la somme qu'il avait réunie pour payer sa caution : 50 millions d'anciens francs. Sa libération provisoire ayant été refusée, il a mis l'argent à disposition de Mimi afin qu'elle ouvre cette affaire et prépare ainsi sa sortie.

Un compromis est trouvé : Mimi peut prendre possession des lieux et les exploiter, Arch lui laisse un mois pour trouver le reste. Si elle n'y parvient pas, elle devra partir. Cela ressemble à la proposition qu'elle avait faite au propriétaire de la boîte de la porte Maillot.

Mimi lance le Cirque, qu'un journal de l'époque qualifie de « gay romantico-décadent ». La décoration a quelque chose de bricolé, d'inachevé : moquette grise, fauteuils rouges qui font penser à du mobilier de bureau, tentures dissimulant un certain délabrement… Mimi y prend ses quartiers, pommettes plus scandinaves que jamais, fossettes profondes, cheveux bourgeoisement à l'épaule, serre-tête en velours, bustier dévoilant ses épaules, grosses boucles d'oreilles comme c'est alors la mode et, toujours, la cigarette à la main.

Quelques jours avant la fin du mois, James Arch revient la voir :

— Je suppose que t'as pas l'argent.

— Non, fait-elle, tranquille, derrière un nuage de fumée.

— Tu sais qu'il va falloir partir ?

— Jamais, répond-elle, sérieuse.

James Arch ne s'en fait pas tout de suite. Il s'adresse au tribunal de commerce qui nomme un administrateur. Rien ne se passe. Il décide d'employer la manière forte et demande à EDF de faire couper l'électricité. La compagnie refuse. Il se rend alors sur place avec les gardes du corps qui ne le quittent plus depuis son agression, un serrurier de la rue La Boétie et un huissier. Alors qu'ils s'apprêtent à ouvrir la porte, une voix d'homme menace, de l'intérieur : « Si vous insistez, je tire dans le tas. » Ils reculent précipitamment jusqu'à la rue. Là, une patrouille de police surgit et, à sa stupéfaction, l'embarque. Face à Mimi, James Arch a l'impression d'avoir toujours un temps de retard.

Enfin, Maurice Demagny sort de prison.

Sur la chronologie et même sur le fond, aucun des deux n'est d'accord. Mimi nous confie qu'elle ne l'a épousé que pour l'aider à obtenir sa libération conditionnelle. Lui parle d'un amour fou et nous montre leur correspondance passionnée. Ils se sont dit oui le jour de la Saint-Valentin, le 14 février 1991. Leurs témoins sont à l'image de la vie de Mimi : Maurice a choisi un jeune braqueur au costume trop large, au nez cassé et aux longs yeux noirs et fatigués. Dans le choix de Mimi, on sent la volonté de franchir une étape : Alix Dufaure, la mère de Vincent Lindon, une rédactrice de mode qui travaille à *Marie-Claire*, la femme de Pierre Bénichou, le directeur adjoint du *Nouvel Observateur*. Pierre Bénichou dit aujourd'hui n'avoir jamais entendu parler de Mimi et ne rien vouloir avoir à faire avec « ces gens-là ». « Vous êtes qui ? Flics ? » lâche-t-il avant de nous raccrocher au nez.

En février 1992, le procès du casse de Saint-Nazaire a lieu. Miloud Hai, soupçonné d'avoir tout organisé, a été libéré pour une erreur de procédure et s'est mis en cavale. Il ne sera arrêté que vingt ans plus tard, après avoir participé à un enlèvement contre rançon. Hafed, lui, est condamné pour recel – l'enquête n'a pas prouvé sa participation au casse. Pendant toute la durée de l'audience, Maurice Demagny est dans la salle, afin de s'assurer que rien ne sera dit sur Mimi.

Élégant avec ses cheveux crantés, ses chemises et ses costumes, Maurice fait venir au club des hommes avec qui il est en affaires ; ils fument des cigares dans la salle tandis que Mimi et l'équipe s'agitent pour faire marcher le Cirque. On se déguise beaucoup, au Cirque. Extra-terrestre, danseuse des îles, princesse arabe… Pour la soirée Désert, on loue un dromadaire. La boîte emploie trente personnes, l'argent coule à flots. Maurice et Mimi habitent un bel appartement, rue Caumartin, où un fleuriste livre chaque semaine des brassées de fleurs fraîches. Les tulipes et les pivoines s'épanouissent dans les vases Lalique. Ils ont deux voitures, une bonne ouvre la porte aux visiteurs, les mains de Mimi sont couvertes de bagues. Elle joue à la bourgeoise. Sur toutes les photos, Mimi s'amuse, Mimi se marre. Elle semble heureuse.

L'hiver, elle et Maurice font du ski. Sa légende veut qu'elle ait été la dixième descendeuse de la piste olympique lors de l'ouverture des Jeux en 1968. Mais, comme elle nous le fait remarquer elle-même : « Regardez la date des Jeux. Et regardez quand j'ai eu ma fille. » Il est donc plus probable qu'elle ait été à la maternité à ce moment, mais elle est toutefois une excellente skieuse, comme nous le confirme la championne olympique Marielle Goitschel qui a pour elle de l'affection. L'été, c'est bateau à Saint-Tropez. Jean Marcilly, un écrivain à l'incroyable bagout, fasciné par le monde de la pègre, les invite dans son merveilleux château du Quercy où il passe ses vacances avec sa compagne, Pierrette Le Pen, l'ex-femme de Jean-Marie, qui se souvient d'ailleurs très bien de Mimi, « une femme au peps extraordinaire ».

— Ils sont toujours ensemble avec Maurice ?

— Non.

— Elle a un nouveau mari ?

— Oui, un ancien policier.

— Décidément, elle passe d'un extrême à l'autre ! Vous lui passerez le bonjour à l'occasion !

Pierrette Le Pen apprécie les histoires qui sortent de l'ordinaire. Elle-même a connu Jean Marcilly alors qu'il écrivait la biographie de Jean-Marie Le Pen.

Maurice et Jean Marcilly deviennent très amis et Maurice s'attarde quelques semaines dans le Quercy alors que Mimi rentre la première à Paris. Elle n'aime pas être désœuvrée. L'angoisse du vide.

Elle travaille. Dur. Jour et nuit. Quand la boîte ferme, à 6 heures, c'est l'after qui commence. Elle dort peu, elle s'en fout, elle plane. Ils reçoivent les stars, les comédiens et les chanteurs qui sont alors en une des magazines : Pierre Palmade, Bernard Lavilliers, Catherine Lara, Muriel Robin, Claude Brasseur. Des jeunes avocats, aussi. Quelques voyous. Françoise Sagan et son ami le compositeur Frédéric Botton, une figure des nuits parisiennes, qui fréquentent aussi la Résidence Matignon, un hôtel de rendez-vous voisin.

Les couleurs ont passé, la moquette grise n'a pas de charme, on devine l'odeur rance de sueur, d'alcool et de cigarettes qui prend à la gorge le jour mais qu'on ne remarque jamais la nuit. Sur les photos, les gens ont les yeux rouges et les cheveux humides. Un soir, Jean-Pierre Lepape, l'ancien membre du gang des postiches dont Mimi connaît la femme, vient fêter son anniversaire. À une autre table se trouve Philippe Féval, qui est alors numéro deux de la brigade de répression du banditisme. Un peu plus loin, quelques membres du barreau. Frisson. Mimi sait qu'elle y est arrivée, il se passe quelque chose. Elle est au cœur de la machine.

La seule chose sur laquelle Mimi et Maurice tombent d'accord aujourd'hui, c'est que James Arch est responsable de leurs déboires. Mimi résume : « Ça a été l'enfer. » La justice donne raison à James Arch. En quelques mois, Maurice et Mimi ont tout perdu.

Un rendez-vous est fixé pour la remise des clés. Mimi attend James Arch à l'intérieur du Cirque. Maurice, révolté de la tournure des événements, n'est pas venu mais elle est là, elle qui n'a jamais peur de faire front. Elle ne recule pas, elle ne sait apparemment pas comment s'y prendre. Elle est têtue, opiniâtre, combative. Surtout quand elle perd.

La boîte, vide, a cet air d'abandon que seuls masquent la fête, les liqueurs, les excès.

Elle lui passe les clés, sourit, lui demande : « T'es fâché ? » La société de James Arch est en liquidation judiciaire, il est endetté sur des sommes astronomiques.

— Ouais, pas qu'un peu, fait-il sourdement.

Aux yeux de Mimi, le dénouement n'est pas tout à fait le même. Elle raconte que la fête a laissé place à l'horreur quand son personnel, qui était presque totalement gay, a commencé à mourir du sida. Ce sont les années noires de la maladie. En juillet, Andréa, sa

DJ, annonce qu'elle ne peut pas continuer à travailler, et Mimi décide de fermer. Elle appelle la patronne de la Mondaine, qui l'a soutenue dans sa bataille contre James Arch, et lui dit : « C'est trop le bordel, j'en peux plus. Je vous rends les clés à vous. » Puis elle ajoute : « Promettez-moi qu'il rouvrira pas une discothèque sinon, cet escalier, je le descends en Austin. Et vous savez que je suis folle. » Le Cirque ferme ses portes le 31 juillet 1993, après huit mois d'une activité heureuse, agitée, décomplexée. James Arch ne rouvrira pas.

Avec l'argent qui leur reste, Mimi et Maurice paient un mois de salaire à tout le personnel et un peu plus à la DJ. Ils ne gardent rien pour eux. Lessivés.

Si l'on s'était un jour demandé à quoi pouvaient ressembler des « menaces voilées », cette expression entendue si souvent, on est maintenant fixés. Lors de notre dernier entretien, Mimi, tout sourire, nous annonce que ce qui la choque, voyez-vous, d'un point de vue déontologique, c'est que lorsque nous appelons des contacts pour qu'ils nous parlent d'elle, nous nous présentions comme Marc Leplongeon, du *Point*, ou Jean-Michel Décugis, du *Parisien*. « Je ne trouve pas ça normal. Les gens risquent de croire qu'ils répondent à votre journal alors qu'il s'agit d'une initiative personnelle. Je ne suis pas certaine que ce ne soit pas condamnable... » Bon, ce sera un de ses angles d'attaque. Elle continue, avenante, penchée en avant, les coudes sur les genoux :

— C'est vraiment une coïncidence, mais le livre d'un de mes amis sort à la rentrée, en même temps que le vôtre et dans la même maison d'édition. Votre éditeur va avoir besoin de photos, or c'est moi qui les gère. *Toutes* les photos. Pour la presse, la couverture, la promotion… Ils seront obligés de faire appel à moi. Vous ne trouvez pas que c'est drôle ?

— Et alors, vous ferez quoi ? demande-t-on.

— Je me montrerai professionnelle bien sûr. Mais c'est très amusant.

Ce qui est « très amusant » aussi c'est qu'elle vient, pour la première fois prétend-elle, d'accepter un contrat de gestion d'image pour un homme puissant dans les médias, un patron. Elle cherche également à nous impressionner en énumérant ses liens privilégiés dans la presse et dans le monde de l'édition. On l'interroge :

— Est-ce que c'est une menace ? Mettez-vous nos emplois en jeu ?

— Mais pas du tout ! Qu'est-ce que vous allez imaginer ? Vous avez une bien triste image des relations entre les gens. Je ne suis tout simplement pas fabriquée comme ça. Je n'ai parlé de vous et de votre livre à personne, ni à un balayeur, ni à un patron de presse. Par contre, quand des gens m'appellent pour me demander s'ils peuvent vous répondre, je leur dis non. C'est normal quand même.

On avait remarqué, en effet. Et c'est le jeu.

— Je n'ai pas d'arme, je ne vais pas vous tirer dessus, conclut-elle en mettant fin à la rencontre. Enfin, allez pas passer sous une voiture quand même, on risquerait de dire que c'est de ma faute.

1994. L'appartement est perdu, les amis de la nuit, disparus. Plus de fleurs. Tout est à recommencer.

Maurice Demagny, pour se refaire, se tourne vers le trafic de cannabis – le braquage, c'est trop dangereux. Il a les contacts et le savoir-faire, mais pas la chance.

Il fait plusieurs voyages au Maroc pour préparer la transaction – lorsqu'elle sera interpellée, Mimi dira qu'elle y avait suivi Maurice car elle le soupçonnait de lui être infidèle. Dès le mois de mai, une enquête du service régional de la police judiciaire commence, menée sur commission rogatoire délivrée par le juge d'instruction Régis Verhaeghe. Mimi et Maurice sont mis sur écoute, ainsi que deux employés d'une société de transport basée à Milhaud, dans le Gard, avec qui ils sont en cheville. Le produit est livré par camion, dissimulé dans des palettes. Il est conditionné en plaquettes d'un peu plus de trente kilos, sous plastique, avec une ficelle qui fait office de poignée. C'est ingénieux. Dans le milieu, on appelle ça des « valises marocaines ».

Mimi et Maurice retrouvent les chauffeurs de poids lourds dans le sud de la France. Dans un hangar, la marchandise est transférée vers une fourgonnette de location. Le 15 juillet, la police intervient et les interpelle en flagrant délit. Mimi est au volant de la camionnette, louée avec sa carte bleue.

Maurice et leurs complices partent pour plusieurs années de détention. Mimi, elle, passe deux mois en provisoire. Dans un article intitulé « Michèle, son mari bandit et ses 500 kg de cannabis », le journaliste du *Midi libre* qui suit le procès écrit : « Michèle Demagny ne retournera pas en prison : 3 ans de sursis avec mise à l'épreuve viennent enrichir son casier. » Interrogée sur les raisons qui l'ont poussée à renoncer à faire appel, Michèle Marchand hésite : « Mon avocat de l'époque est mort, donc je suis incapable de vous répondre. Il m'a peut-être dit qu'on ne pouvait pas faire appel, qu'il y avait du sursis, que c'était une bonne décision, que de toute façon, j'avais complètement changé de vie et que je n'avais plus rien à avoir avec ces gens-là. Franchement, je suis incapable de vous répondre. »

Mimi n'a plus de revenus. Pas de travail. Rien. Elle a quitté le triangle d'or et vit de nouveau en banlieue, à Puteaux, chez Danielle Mori. Il faut qu'elle trouve une solution, et vite. Elle s'embarque dans une affaire commerciale qui manquera de très mal tourner.

En 1995, les trithérapies ne sont pas encore arrivées sur le marché. Les associations, parmi lesquelles Act up, se battent contre la maladie et contre l'indifférence depuis des années avec les moyens du bord. En 1994, le premier Sidaction est organisé au Zénith, le 7 avril. Les chaînes se coordonnent et proposent un programme unique. 23 millions de Français sont devant leur poste. La lutte contre le sida a soudain le vent en poupe.

Mimi propose à un responsable de Cénisucre, une société spécialisée dans le conditionnement du sucre, de faire fabriquer des dosettes portant la mention Info Sida et le numéro d'une association. Celles-ci seraient vendues par le biais du SNEG, le syndicat national des établissements gay, à des commerces souhaitant soutenir la lutte contre la maladie. Mimi serait rémunérée en tant qu'intermédiaire du SNEG. À ce stade de l'histoire, un faux bon de commande – avec une faute d'orthographe au nom du président du SNEG – d'un montant de 1 million de francs parvient à Cénisucre. La société porte plainte contre Mimi et l'accuse d'en être l'auteur, ce qu'elle niera toujours catégoriquement. En première instance, elle est condamnée à un an de prison pour tentative d'escroquerie. Quand on évoque cette affaire avec elle, la reine des paparazzis s'insurge : « Ça, ça ne pouvait pas être moi, c'est impossible. Je vous jure que je ne sais même pas de quoi vous me parlez. Reprenez le jugement, regardez si c'est bien la même personne.

— Oui c'est la même, avec la même date de naissance et le même lieu de naissance.

— C'est impossible, je ne sais même pas de quoi vous me parlez. En 1996, je suis à *Voici*, je gagne 20 000 euros par mois. Je n'ai aucun souvenir de ça. C'est impossible. Je vais demander à François [Blistène, son avocat]. Je ne connais pas cette histoire. »

En 1997, elle est blanchie en appel. Cénisucre et le SNEG, trouvant qu'il s'agissait en fait d'une excellente idée, se rapprocheront et travailleront ensemble à lancer cette campagne de soutien à la lutte contre le sida.

« Caroline et Vincent, mariés ! » Entre les têtes réjouies de l'acteur et de la princesse, une petite vignette de la mairie de Verquières, en Provence. En haut à droite, en blanc : « La cérémonie s'est déroulée le 20 septembre dernier en présence de deux témoins et de la maman de Vincent. » À l'intérieur, pas de photos du mariage. Ce numéro de Voici *va battre toutes les ventes.*

Voici, 2 octobre 1995

Quand les salariés de la rédaction de *Voici* sont partis le vendredi soir, ils avaient une autre couverture en tête. Personne ne se souvient de laquelle, d'ailleurs, mais ce sont des choses qui arrivent dans la presse lorsqu'on souhaite protéger une exclusivité. Chez *Closer*, la veille de la sortie du numéro sur les échappées de François Hollande rue du Cirque, la rédaction croyait encore que le magazine prêt à partir sous presse titrait sur Vanessa Paradis. Quand on a un scoop, on le protège. Et le mariage d'une princesse Grimaldi avec un acteur français, c'en est un. Depuis quelques années, les magazines titrent sur leur romance – et enchaînent les condamnations. Mais un mariage, c'est énorme.

Mimi est officiellement pigiste pour le magazine. « Un jour, elle s'est matérialisée en conférence de rédaction, voilà, elle était là, indispensable, elle entrait dans le bureau du rédac-chef comme si elle était chez elle, elle faisait la pluie et le beau temps et personne ne savait d'où elle sortait », nous relate Françoise Dangerfield. Chef de rubrique en 1995, elle a suivi ce qu'on peut qualifier non pas d'ascension, ni même de victoire éclair, immédiate et totale, mais de reddition inconditionnelle de la presse people à Mimi. Elle est arrivée via Thierry Moreau, le directeur adjoint de la publication, qui la connaît par Danielle Mori, son associée des Memorie's. Cette dernière tient maintenant rue de Ponthieu un restaurant de couscous cachère, le Chez Moi. C'est là que Thierry Moreau lui présente Dominique Cellura, le rédacteur en chef. Un redoutable trio se forme.

En cette fin septembre 1995, Mimi est à la manœuvre avec Dominique Cellura – « une main de fer dans un gant de fer », comme le décrivent ses anciens journalistes. Elle lui aurait dit avoir la preuve du mariage de l'acteur – rappelons qu'il est le fils de sa meilleure amie et témoin de mariage. Une journaliste de la rédaction nous raconte que Dominique Cellura et Mimi s'enferment secrètement tout le week-end seuls dans les locaux de la rue Daru, sans même un secrétaire de rédaction, pour élaborer la couverture et la double page intérieure. Lundi, lors de la parution, c'est un coup de tonnerre. Les ventes atteignent des records.

Mais l'information était fausse. Entre la principauté et la France, c'est presque un scandale diplomatique. Le magazine est attaqué par les deux intéressés. Vincent Lindon vient lui-même à l'audience défendre sa cause avec ferveur et « un grand talent », se souvient un magistrat.

Que s'est-il passé ? Toutes les rumeurs, même les plus baroques, vont circuler : selon un ancien de la rédaction, Mimi aurait fait fabriquer des preuves, notamment un faux certificat de mariage ; elle aurait au contraire été trompée elle-même par son informateur ; ou encore, le mariage a bien eu lieu mais la principauté s'y opposant, toute trace en aurait disparu dans les registres de la mairie provençale et l'affaire aurait été étouffée... Mimi racontera à Françoise Dangerfield, dont elle partage le bureau, que Dominique Cellura, de fureur, lui a balancé un lourd cendrier de cristal à la tête quand il a appris qu'il s'était fait avoir. « Heureusement, j'ai de bons réflexes », conclut Mimi en riant. « N'importe quoi, balaie Cellura. C'est de la légende, ça. »

Aujourd'hui, Mimi fait un récit tout différent de son entrée dans le monde de la presse à scandale. Selon elle, Dominique Cellura l'aurait abordée (dans le restaurant d'une amie rue de Ponthieu, cette partie-là reste la même). Sachant qu'elle était proche d'Alix Dufaure, la mère de Vincent Lindon, il lui aurait proposé une grosse somme en échange d'infos exclusives sur le mariage prochain de l'acteur avec Caroline de Monaco. Mimi n'aurait pas accepté. Elle nous raconte qu'elle aurait immédiatement appelé son amie. Avec sa gouaille habituelle, et un humour grinçant, elle aurait proposé : « Vingt-cinq plaques ! Qu'est-ce que t'en penses ? On va s'acheter un chapeau ? »

Cette proposition – déclinée – aurait toutefois attiré son attention sur la presse people. Elle aurait acheté *Voici*, l'aurait feuilleté, repérant les mensonges, les erreurs, les faits ignorés, aussi, concernant la vie des célébrités qu'elle connaissait et aurait immédiatement deviné quel pourrait être son apport.

Devant nous, elle conclut avec fermeté : « Il y a des gens à qui je ne toucherai pas, jamais, et ils savent qu'ils peuvent me faire confiance. Vincent en fait partie. C'est quand même le fils de ma meilleure amie. »

Un autre numéro. En haut à gauche, le logo rouge de Voici. *Dessous, une photo un peu floue de Claude François. À droite, le visage d'une jeune fille blonde. « Julie, 20 ans, la fille secrète de Claude François ». Au-dessus, en gras : « Nous l'avons retrouvée au terme d'une longue enquête... » La moitié inférieure de la couverture est masquée par une (énième) publication judiciaire à la demande de Caroline de Monaco.*

Voici du 19 janvier 1998

Mimi a cinquante ans. Les gens qui l'ont connue à l'époque décrivent une femme qui ne se soucie guère de son apparence, dont le charme réside tout entier dans le sourire chaleureux, dans les yeux qui pétillent, et qui ne manque pas de charisme. Ce qu'elle a à vendre, Mimi, ce sur quoi ils salivent tous, c'est ce carnet d'adresses dont on ne sait pas, d'ailleurs, quelle forme il prend à l'époque. Un calepin ? Un gros agenda de cuir relié rempli de petites fiches et de cartes de visite ? Il est en tout cas l'objet de convoitises car il rassemble dans les mêmes pages voyous, flics et célébrités. Or qui mieux qu'eux pourrait fournir les informations sèches, brûlantes ou sanguinolentes dont se nourrit la presse people.

Voici a été créé en 1987 par Axel Ganz, dirigeant de Prisma Presse, filiale française du gigantesque groupe allemand Bertelsmann. En France, jusqu'en 2005 où *Closer* est lancé, n'existaient que trois magazines people : *France Dimanche*, *Point de vue* et *Ici Paris*. Après l'échec d'une première formule, jugée trop molle, Axel Ganz imagine un magazine irrévérencieux, militant même, qui montrera les actrices au réveil, sans maquillage, en jogging, qui exhumera les secrets, les coucheries, les inconduites. Qui attentera à l'aura et au panache des stars de cinéma. Après tout, les people sont des gens comme les autres. La direction assumera les condamnations pour atteinte à la vie privée, qui sont d'ailleurs budgétées, à condition qu'il n'y ait pas de fausses informations. Quasiment une couverture sur deux s'ornera d'une publication judiciaire. Soyons honnête : ça fait partie du pacte avec le lecteur. Est-ce que ça ne donne pas même un peu envie ?

Les pages sont fines, l'encre dégueulasse, le ton ironique et vachard. Personne n'avoue le lire, ou alors chez le coiffeur, mais il s'en écoule parfois jusqu'à un million d'exemplaires, pour les meilleurs numéros. On en redemande. Du crade, des coucheries, des adultères, un peu d'amour aussi. On veut savoir qui se fait vomir, qui a de la cellulite et une sale tête au réveil, qui est trop gros sur la plage cet été, qui n'est pas celui ou celle qu'on croyait, qui a trompé, qui a été trompé. Et on en redemande. Encore. Et encore. On l'achète pour le train ou pour les vacances. On attend la sortie chaque lundi (aujourd'hui, c'est le mercredi). On l'entasse dans ses toilettes. Mais on le lit. On veut voir les seins des princesses. On veut voir une ancienne enfant star se faire la boule à zéro dans une crise de folie paranoïaque (Britney Spears, pour ceux qui n'ont pas suivi), on veut voir Johnny ivre en boîte de nuit, presque porté dehors par ses amis (nous reparlerons plus loin du photographe auteur de ces clichés, Daniel Angeli), ou les dernières images de Michael Jackson avant sa mort. On veut se rincer les yeux à la dégringolade hebdomadaire de nos mythes, détrôner les héros, fouiller de notre museau taché d'encre leurs sales petits secrets et se sentir un peu plus forts de les avoir partagés. Voir tomber les idoles mais avant, savoir où elles vivent, connaître le prénom de leur coach ou de leur esthéticienne, la taille de leur villa, s'indigner du nombre de nounous qui s'occupent de leurs gosses, apprendre qu'ils font des scandales en première classe ou qu'ils ont les narines farcies de coke. On veut pouvoir les envier, les adorer et les haïr tout à la fois. Ce besoin ambigu paraît ne jamais pouvoir être comblé, puisque c'est une vie par procuration qu'on mène à travers les aventures de ces héros de papier. Il faudra aller toujours un peu plus loin afin de satisfaire notre voracité. *Voici* et les autres remplissent donc chaque semaine notre gamelle de leurs proies aux entrailles encore fumantes. Et la plus grande des pourvoyeuses de ce métier, qui serait plus facile à mépriser si on n'était pas tous assis sur le carrelage, la gueule déjà ouverte, ce sera Mimi.

La presse people de ces années-là est une vraie cash machine. Dominique Cellura, qui engage Mimi comme pigiste, déjeune au champagne et fume des barreaux de chaise. Il gagne des « brouettes » de fric, au point de ne plus savoir qu'en faire. Axel Ganz est en effet un patron généreux : il lui est arrivé d'offrir un mois de salaire en prime à toute la rédaction du magazine pour un numéro qui avait marché. Bien. Mimi vient donc de trouver un univers à sa mesure : l'argent y circule encore de façon fluide (salaires, piges, primes et espèces pour les informateurs), on peut opérer sous un autre nom (tout le monde signe d'un pseudonyme), on y vit de scandales, de potins et de drames. C'est pour elle. Elle va y frayer comme un poisson dans l'eau, souriant prédateur, ondoyant entre les algues, aussi à l'aise dans la vase douce et dorée que tout près du bord, sous la surface tiède, passant d'un univers à l'autre au gré des profondeurs. Souple. Adaptable. Opportuniste. Carnassière.

Elle a tout de suite une réputation. À la rédaction, ils savent – n'est-ce pas leur métier ? – qu'elle sort de prison, mais elle n'en parle pas volontiers et ça fait même partie de son pouvoir d'attraction. Sur sa vie, elle est plutôt secrète. Ce qu'elle laisse deviner ressemble davantage à l'étincelante armure de quelqu'un qui sait se protéger et qui vous déclare : « Je n'ai rien à vous cacher, je suis mère, grand-mère, et vous pouvez gratter, je n'ai rien de plus précieux que ça au monde. »

Quand elle commence, elle ne sait pas se servir d'un ordinateur mais elle devine tout de suite qu'elle va être bonne dans ce nouveau job, elle va même être la meilleure. Pourtant, elle n'écrit pas, elle ne saurait pas faire un papier. Mais elle fournit des informations précieuses, qui sont rédigées ensuite par des journalistes de la rédaction et signées de son pseudonyme à elle (Dominique Leroy) ou du leur.

C'est ainsi qu'au fil des unes, sur une période de quelques années à peine, l'animatrice de télévision Véronika Loubry par exemple sera, selon *Voici*, amoureuse d'un autre animateur, le quittera pour un véliplanchiste, fera le plus beau mariage de l'année, partira en lune de miel, sera au bord de la rupture, passera de belles vacances, démentira la séparation, se fera voler sa voiture, divorcera, ne voudra plus être une potiche, sera de nouveau amoureuse… Sur papier glacé, Benji et Flavie (à l'époque, cela suffit pour identifier les présentateurs Benjamin Castaldi et Flavie Flament) retrouveront la flamme, puis la perdront à nouveau. De magazine en magazine, Laeticia et Johnny Hallyday se marieront, seront heureux, malheureux, auront des problèmes, adopteront des petites filles ou changeront de coiffure. Et des princesses anglaises ou monégasques vivront leurs vies de princesses, feront des sorties en yacht, seront amoureuses, trompées, malheureuses, humiliées, et finiront même par mourir en photo, comme autrefois on rêvait de mourir sur scène.

Mimi, officiellement toujours pigiste, est à la tête d'un redoutable réseau d'informateurs : dans les boîtes de nuit, dans les pharmacies, dans les hôpitaux, dans les services de police, dans les grands hôtels parisiens, cannois, normands, des serveurs de restaurants, vestiaires, laborantines, hôtesses d'accueil, personnels au sol d'aéroports, salariés de compagnies téléphoniques, secrétaires, attachées de presse, amis, faux amis, ex et membres de l'entourage, gardes du corps, videurs... Tant de gens qui, pour un billet ou parfois plus, sont prêts à lui dire tout ce qu'ils savent. Et davantage encore.

Ainsi qu'elle l'a fait déjà par le passé, elle a importé dans ce nouvel univers professionnel des méthodes, un caractère, et une certaine philosophie, à défaut de déontologie. Elle ne compte ni son temps ni ses efforts. Elle mobilise son réseau. Tissé pendant quelque cinquante ans, il mêle des gens qu'elle a connus enfant ou adolescente : l'un, qui était dans le même lycée, est devenu producteur. Un autre, promoteur immobilier – il vendra le terrain de la Lorada de Johnny Hallyday et sa fille fait carrière à la télévision. Il y a des policiers, eux-mêmes familiers des univers variés et qui sont une mine d'informations. Les gens de la nuit – acteurs, chanteurs, artistes, mannequins... Les voyous, aussi, bien qu'elle prenne ses distances. Des hommes de loi. C'est un mélange unique, détonant, formé au gré d'une histoire agitée, où l'on repère les agrégats de plusieurs vies. Elle est encore loin de la politique, mais elle entre de plain-pied dans le show-business, pour les paillettes, et dans le monde moins glamour mais plus à sa mesure de la téléréalité qui est en train de naître.

Bien des informations lui viennent sans qu'elle ait besoin de les provoquer. Elle commence à travailler avec des photographes paparazzis, qui ont les mêmes qualités qu'elle : débrouillardise, force de conviction, charme. On ne les juge pas à leur grandeur d'âme mais à leur capacité à décrocher les premiers une information. C'est un métier fait de frissons, d'adrénaline, d'excitation. Elle a trouvé son élément.

Mimi fait son entrée fracassante dans la cour des chasseurs de scoops en révélant qu'un prince saoudien, vice-ministre de la Défense et commandant des forces armées de libération du Koweït, a donné un million de dollars à Brigitte Nielsen, la femme de l'acteur Sylvester Stallone, pour coucher avec lui. Il l'a fait venir jusqu'à Cannes où ils ont passé douze heures à l'hôtel Martinez. L'information de Mimi est de source policière ou judiciaire : une enquête sur un réseau international de prostitution a été ouverte par le juge Frédéric N'Guyen.

Mimi a des atouts certains. Elle sait plaire, elle fait rire, elle a de la repartie et un certain sens de l'autodérision. C'est une bonne enquêtrice. Les gens aiment discuter avec elle. Une ancienne mannequin, inquiétée pour proxénétisme dans une affaire qui a secoué le cinéma français en 1997, nous raconte : « Je lui ai donné les informations à elle parce qu'elle était bien plus sympathique que tous les autres journalistes qui étaient venus me voir. » L'interview paraît en double page avec la photo d'une cour d'immeuble miteuse derrière une blonde en col roulé blanc sous un gros titre : « Prostitution de luxe – Les dessous du réseau ». L'interview « exclusive » est accompagnée d'un papier résumant le dossier qui implique des stars comme Robert De Niro (interpellé en France) ou Steven Seagal, le producteur français Alain Sarde (leurs portraits illustrent l'article), et un photographe de charme, Jean-Pierre Bourgeois. Mimi s'est livrée à un vrai travail d'enquête afin de retrouver et faire parler les protagonistes de ce dossier, qui se soldera par un non-lieu : le juge en charge de l'instruction est convoqué par sa hiérarchie après avoir entendu Robert De Niro et sommé de refréner ses ardeurs. Le magistrat sera finalement déchargé de l'affaire.

La presse people sert parfois de canal pour sortir des scandales, quand des journaux plus proches des intérêts du pouvoir préfèrent les ignorer. Mimi l'a utilisée ainsi à ses débuts. Cela lui passera. Une fois qu'on a dynamité la porte, c'est autrement qu'il faut s'y prendre.

En peu de temps, elle devient la sainte patronne de la profession. Elle noue des liens étroits avec les photographes, notamment Jean-Michel Psaïla (celui-là même qui démontrera vingt ans plus tard que Bestimage retouche les photos de la première dame), à qui elle demande par exemple de la prendre en photo lorsqu'elle rencontre certains contacts. Détenir des « preuves par l'image », déjà… Les paparazzis ont leurs réseaux, elle a les siens, l'entente est excellente. C'est une chercheuse infatigable. Elle a du flair, elle devine ce qui va plaire au public. Son aune, c'est « est-ce que ça va intéresser la crémière de Puysin ? » Si elle pense que la réponse est non, elle n'y va pas. La crémière de Puysin semble beaucoup apprécier tout ce qui concerne les familles royales, et les deux princesses monégasques sont de particulièrement « bonnes clientes », comme on dit dans le jargon. Nagui, lui, n'est pas un bon client, il ne fera pas vendre le journal. Cela n'empêche pas les paparazzis de le traquer au point qu'il propage sciemment des fausses nouvelles dans son entourage et attend de les retrouver dans les journaux, afin d'identifier les taupes, relate Mimi.

La particularité de la presse people, c'est aussi de mêler un peu de vrai, et beaucoup de faux. A minima, on tire tout le jus d'une photo : une actrice est photographiée seule sur la plage ? On titrera qu'elle divorce. Une célèbre veuve se promène avec un ancien chanteur ? Ils sont amants. Mais on peut faire davantage. On peut fabriquer des preuves. Inventer des histoires. C'est un récit, finalement, et qu'est-ce qu'un récit, si ce n'est une création ? La seule règle : rester (à peu près) vraisemblable.

Maurice est en prison. Il correspond avec son ami Jean Marcilly qui lui donne des nouvelles de Mimi de son écriture en pattes de mouche, au stylo à plume vert. Au début, Mimi reste fidèle, elle paie les avocats. Marcilly tente avec verve de remonter le moral de Maurice et lui transmet de temps en temps une bise de Pierrette. Le 27 mars 1996, il écrit : « Je ne suis pas sans connaître la qualité des efforts que tu as consentis pour que votre affaire du "Cirque" marche et tourne rond. Tu t'étais tellement investi avec Michèle ! Vraiment quand les vents sont à ce point contraires, il est fatal qu'en mettant le nez à la fenêtre, on ramasse une escarbille dans l'œil et son propre glaviot en pleine poire… »

À l'été 1996, Mimi est arrivée chez *Voici*, et prend un nouveau départ. D'autant qu'elle a rencontré l'homme qui partage aujourd'hui sa vie et qui est officier de police.

Le 12 novembre, Marcilly raconte : « Donc j'ai vu Michèle, j'ai fait son approche et j'ai été servi par le fait qu'elle m'accepte comme je suis et me fait confiance. En préalable, j'ai mentionné que c'était ton ami qui venait ouvrir le dialogue, sans m'immiscer d'aucune manière dans la vie privée. Étant bien entendu que je n'étais pas venu pour juger ni à droite ni à gauche, ni en blanc, ni en noir. Michèle a été très franche et très loyale. Si tu veux, elle a dressé un bilan de sa vie qu'elle juge négatif et se propose de prendre un nouveau départ. Elle est très déterminée. Symptôme majeur de cette détermination : elle n'est pas en colère. Elle est froidement raisonnable. (...) Pour simplifier : tu ne peux plus compter sur elle en rien. »

Deux mois plus tard, en janvier 1997 : « Je suis étrangement sans nouvelle aucune de Michèle. Et impossible de la joindre désormais. Je ne sais que penser. » En mars : « Je ne sais pas ce qui arrive à Michèle. Toujours sans nouvelles alors qu'elle devait m'en donner... »

Mimi vient de sortir son scoop sur Brigitte Nielsen. Thierry Moreau quitte la rédaction et elle devient chef des infos. Elle grimpe.

En mai : « Je reste KO debout, sonné, devant l'attitude de Michèle. »

Le jour du procès pour trafic de stupéfiants, en juin 1998, Mimi fournit un certificat médical pour éviter d'être jugée en même temps que Maurice Demagny et leurs complices. Maurice est condamné à six ans de prison ferme.

Mimi sera jugée quelques mois plus tard, le 29 octobre 1998. À l'audience, elle se défend avec vigueur : « Je n'étais pas dans cette affaire », elle assure qu'elle n'était pas « une femme de voyou », que si les écoutes la placent aux mêmes endroits que Maurice c'est qu'elle craignait qu'il la trompe et le suivait donc, au Maroc ou dans le sud de la France. Elle affirme qu'elle a coupé les ponts et qu'elle est désormais journaliste, gérant une quinzaine de personnes chez Prisma Presse. Le procureur réclame cinq ans de prison ferme et une interdiction de séjourner dans la région parisienne pendant cinq ans. Le tribunal la condamne à trois ans avec sursis.

Presque vingt ans plus tard, alors que Maurice a replongé une énième fois, il reçoit, à la prison des Baumettes, une planche de timbres accompagnée de ces quelques mots : « Une amie qui ne t'oublie pas. »

Le 30 août 1997, Lady Di se tue sous le tunnel de l'Alma. Mimi est à Paris – elle ne part jamais plus de quinze jours l'été, à Saint-Tropez pour ne pas trop s'éloigner de ses clients. Elle est tout de suite au courant, fonce sur les lieux, dégringole les pelouses au-dessus de l'entrée du tunnel malgré les rubans de police qui ont été tendus. La nuit est totale, il n'y a presque personne, les paparazzis ont disparu, on voit seulement la lumière des *bleus* qui illumine le ciel par intermittence. Une voix tonne :

« Qu'est-ce que vous foutez là ? »

C'est Martine Monteil, qui est devenue patronne de la police judiciaire parisienne. Les deux blondes se dévisagent : l'ancienne femme de la nuit face à l'ancienne patronne de la Mondaine. Elles ne se sont pas vues depuis deux ans. « Dégagez avant que je vous fasse coffrer. Je vous appelle demain. » Mimi juge plus prudent d'obéir.

Aujourd'hui, elle nous dit avoir joué un rôle dans l'enquête : elle a convaincu les paparazzis – bien sûr, elle sait qui ils sont – de se présenter spontanément au 36 pour être interrogés et remettre leurs pellicules à la police judiciaire. Les neuf photographes et le motard de presse sont mis en examen pour homicide et blessures involontaires et non-assistance à personne en danger. La procédure se soldera par un non-lieu mais toutes les images prises ce soir-là des passagers mortellement blessés ont été confisquées et aucune des photos ne sera publiée. Daniel Angeli, le patron de l'agence du même nom, devra verser une caution de 100 000 francs pour faire sortir son photographe Christian Martinez, qui a prévenu les secours avant de faire ses photos de la voiture accidentée.

Le rôle de Mimi, à l'en croire, ne se limite pas à retrouver les photographes. Elle débusque également le jockey qui a apporté la Mercedes à Monsieur Paul, le chauffeur. « Ça se voyait pas à la caméra », précise Mimi, pour expliquer que la police n'ait pas mis la main sur lui avant elle. L'homme lui raconte qu'il hésitait à donner la voiture à Henri Paul car « il puait le pastis », nous relate Mimi. « J'appelle Martine. Elle est pas au courant. Je lui raconte et je lui dis : "Si tu veux, tu le vois." » Pour immortaliser la rencontre entre la patronne de la police judiciaire parisienne et le jockey, elle fait venir un photographe et pose une condition : que l'audition ne figure pas dans le dossier avant le lundi suivant, pour qu'elle puisse sortir l'information avant qu'elle fuite.

« Ça a été très important pour l'enquête », conclut-elle avec une évidente fierté. Martine Monteil, elle, n'a pas le souvenir que Mimi ait aidé le moins du monde sur cette affaire.

Tout pourrait donc aller pour le mieux. Mimi enchaîne les scoops, fait trembler les célébrités, gagne bien sa vie, et semble avoir tourné le dos à son passé.

Un très gros plan sur la princesse de Galles vêtue d'une robe écarlate. Au centre, en format photomaton, un homme au regard un peu fixe, avec une cicatrice à la paupière gauche. Les gros titres : « Diana. Le survivant raconte... Trevor était dans la Mercedes le soir de l'accident ». Un bandeau jaune en diagonale : « Une interview exclusive ».

À gauche, dans une vignette, les comédiens Bruce Willis et Demi Moore divorcent.

Voici du 6 juillet 1998

Dix mois après la mort de la princesse de Galles, en 1998, Mimi annonce à la rédaction qu'elle a convaincu Me Curtil, l'avocat du garde du corps de Lady Di, Trevor Rees-Jones, présent dans la voiture le soir de l'accident, de lui accorder une interview exclusive. C'est un très gros scoop. Le rendez-vous doit avoir lieu dans les bureaux de l'avocat. Le journal met en commande le photographe Jean-Michel Psaïla. Le jeune homme arrive avant l'heure du rendez-vous et s'installe, en planque, dans sa voiture, avec son téléobjectif. Il attend. Longtemps.

Il voit Mimi approcher, entrer dans l'immeuble, seule. Il attend toujours. Une ou deux personnes passent la porte, rien qui le concerne.

Après deux ou trois heures, Mimi ressort, traverse la rue et vient le trouver.

— Alors ? Tu l'as eu ?

Jean-Michel Psaïla n'a rien vu, ni personne. Il est affolé : il vient de rater un très gros coup.

— Y a peut-être une autre entrée, souffle Mimi d'un ton ennuyé.

De retour à la rédaction, Jean-Michel Psaïla reçoit une avoinée. Mimi, de son côté, remet l'interview à Laurence Pieau, qui la retravaille et la met en forme. Elle est publiée sous le pseudonyme de Dominique Leroy. Mimi touche 50 000 francs pour cette belle affaire.

À la parution, Me Curtil porte plainte pour faux : il affirme qu'il n'y a pas eu d'entretien. Lorsque nous l'avons contacté, il nous a dit que Mimi, qu'il avait reçue plusieurs fois, ne lui en avait d'ailleurs jamais fait la demande puisque nul n'ignorait que son client, traumatisé par l'accident et victime de pertes de mémoire, ne parlerait pas à la presse. (Trevor Rees-Jones accordera finalement la primeur au *Mirror*. Il racontera les quelques « flashs » de l'accident qui commencent à lui revenir et sur lesquels les médecins ont des doutes sérieux.)

Chez *Voici*, c'est la panique. On demande l'enregistrement. Laurence Pieau, qui a rédigé l'article à partir de la retranscription de l'interview, pense aujourd'hui encore Mimi incapable d'avoir inventé cette rencontre : « C'est une immense professionnelle. Quand elle ne sait pas, quand elle ne peut pas, quand elle n'a pas une info, elle le dit. Elle travaille, elle cherche, et puis elle trouve. »

Cela ne convainc pas Axel Ganz qui, ulcéré de voir sa réputation entachée, convoque la pigiste/chef des informations. Il décrit un entretien glacial, des yeux durs qui le fixent, un menton batailleur, une moue furieuse. « Elle ne m'a pas fait une bonne impression du tout », laisse aujourd'hui tomber, dédaigneux, le mogul.

Déflagrations en chaîne : Mimi est virée séance tenante. Laurence Pieau s'en ira bientôt également. Le visage et le fonctionnement de *Voici* en seront durablement transformés. Quelques jours plus tard, l'avocat de Trevor Rees-Jones, Me Curtil, est agressé et tabassé en bas de son cabinet. Il porte plainte. Mimi nous affirme qu'ils ont été confrontés dans le bureau d'un juge et qu'il s'est rétracté mais aujourd'hui encore, l'avocat nous déclare, d'un ton un peu tendu : « Je n'ai aucune preuve que les deux événements – la fausse interview et mon agression – soient liés. Mais je le pense, bien entendu. » Cette affaire s'est terminée par un non-lieu.

Sans Mimi, pas de journal. La rédaction la rappelle à l'insu d'Axel Ganz. Mimi, on l'a vu, fonde sa première agence de presse, Shadow, qu'elle installe tout près des locaux du magazine, et continue de faire, discrètement, la pluie et le beau temps à *Voici*. La secrétaire du rédacteur en chef lui passe directement des appels de l'extérieur. Tout le monde la voit pour ce qu'elle est en réalité : la rédactrice en chef officieuse, bien qu'on ne trouve son nom nulle part. C'est comme ça qu'elle se sent le mieux : en bordure du halo lumineux.

Mimi, les yeux plissés de soleil, l'air franchement pas contente, parle à l'oreille d'un garde du corps qui la dépasse d'une ou deux têtes. De son index tendu, elle désigne celui qui prend la photo.

L'image, jamais publiée, reste à l'abri dans l'iPhone de son propriétaire – un photographe d'une agence concurrente –, mais elle est intéressante. Elle raconte comment fonctionne Mimi. Vous faites partie du clan – et alors vous gagnez de l'argent, jusqu'à 10 000 euros par mois pour ceux qui travaillent régulièrement, quand des photographes de presse corvéables à merci atteignent péniblement les 2 000 euros mensuels. Ou bien vous n'êtes pas dans ses petits papiers et vous avez alors des chances de voir un mastard fendre la foule pour vous déloger, vous et votre téléobjectif.

Mimi et les photographes, c'est une histoire d'amour et de fureur comme on en a peu entendu. Aux yeux des preneurs d'images, Mimi a en tout cas une qualité exemplaire autant qu'elle est rare : elle paye vite, bien, et sans rechigner. Elle les fait travailler. Elle les engueule copieusement s'ils la déçoivent mais les protège quand il le faut.

Les photographes n'ont pas envie de parler d'elle. On n'aime pas mordre la main qui nous nourrit. Ceux qui la connaissent ne veulent rien avoir à faire avec notre enquête. Un photographe du *Monde* nous répond : « Omerta. Vous ne savez vraiment pas dans quoi vous mettez les pieds. » Un autre, à qui nous demandons un contact : « Je ne te le donnerai pas et c'est pour ton bien. Tu ne devrais pas t'embarquer là-dedans. Qu'est-ce que tu crois ? On n'est pas chez les poètes, là ! » Un troisième, à qui on réclame une anecdote : « No comment. » Mimi peut briser une carrière ou assurer un train de vie confortable, elle peut favoriser une accréditation ou bien interdire tout accès. Dans son univers, elle est toute-puissante.

Elle n'hésite pourtant jamais à leur mener la guerre des nerfs pour l'obtention d'une exclusivité et de la meilleure publication. Elle est incontestablement la plus filoute. Avec elle, on n'est jamais à l'abri d'un coup fourré. Comme le résume quelqu'un qui la connaît bien : « Si vous la lui faites à l'envers, vous vous ferez engueuler comme du poisson pourri. Mais si c'est elle qui se joue de vous, vous ne le saurez jamais. Elle ne signe pas ses méfaits. » Une petite histoire people pour l'illustrer : selon nos informations, en mai 2011, Alain Guizard, un photographe dont une partie de la production est distribuée par Bestimage, avait négocié pour *Gala* l'exclusivité du mariage de Jean-Marie Bigard célébré à la mairie du 7e arrondissement par Rachida Dati. Mais lorsqu'il est arrivé sur les lieux, il a repéré un petit homme menu qui se fondait dans la foule des invités : c'était Sébastien Valiela, incrusté, en commande pour Bestimage. Ses images allaient être vendues à *Ici Paris* – qui sort avant *Gala*… Alain Guizard était furieux. La rédaction de *Gala* aussi. Mimi a démenti être à l'origine de ce double jeu.

Sa formidable connaissance de la presse est ce qui fait sa force. Elle connaît, à la minute près, les heures de bouclage de tous les magazines et c'est une travailleuse infatigable. Philippe Bonnel, le rédacteur en chef de *France Dimanche*, le résume en ces termes : « Elle fait corps avec la presse. » Elle a tous les numéros, de toutes les lignes, de tous les rédacteurs en chef. Un ancien de Lagardère nous raconte comment elle fonctionne avec *Ici Paris*, un journal du groupe qui boucle le lundi. Le rédacteur en chef arrive à 9 h 30, Mimi, au travail depuis 6 heures du matin, l'appelle et lui dicte le déroulé qu'elle et son agence ont passé le week-end à mettre au point. Le combiné contre l'oreille, il remplit son chemin de fer.

Le moteur, ce n'est pas l'argent, mais le pouvoir. Le photographe Alain Guizard avait commis une erreur en négociant lui-même un arrangement avec Rachida Dati et Jean-Marie Bigard. Ce que Mimi veut, la seule chose qui lui importe vraiment, c'est que tout passe par elle. Rester au centre de la toile.

1998-2003 seront les années Shadow. Mimi fait visiter ses nouveaux bureaux avec un enthousiasme fanfaron et malicieux : c'est au coin de la rue Daru, où est installé *Voici*, et par la porte de service, on a accès à l'immeuble de *Gala*. « On la chasse par la porte, elle revient par la fenêtre », commente un ancien de la rédaction de *Voici*, plutôt admiratif. « Elle est incroyablement tenace », décrit Philippe Bonnel. Têtue. Opiniâtre. Le concert de louanges paraît tiré d'un dictionnaire des synonymes.

À la fin des années 1990, la presse people mute. Prisma lance une nouvelle formule de *Voici*, moins tabloïd, moins trash, moins scoop. On fait des « stories », des portraits des célébrités. Pour ça, il faut s'assurer un minimum de coopération de la part des stars. Un nouveau positionnement s'opère petit à petit. Véronika Loubry, toujours elle, vend 40 000 francs les photos de la naissance de sa fille, mannequin avant de savoir marcher. Cela occasionne d'ailleurs un micmac typique : Mimi, qui est à sec, ne peut pas la payer. Elle convainc un intermédiaire, mi-photographe, mi-informateur, de lui faire un chèque. Il ne dispose pas de la somme. Qu'importe, le pousse Mimi, il s'agit seulement d'un chèque de caution, en attendant qu'elle puisse effectuer le règlement elle-même, Véronika Loubry ne l'encaissera pas. L'homme finit par faire le chèque.

Mais Véronika Loubry, méfiante, pressée, ou ignorant la consigne, l'encaisse. Or le chèque est sans provision. Sur le conseil de Mimi, l'intermédiaire déclare ce chèque volé, ce qu'il fait avec un luxe de détails. Et voilà Véronika Loubry entendue pour vol de chèque. Du grand n'importe quoi.

À la fin, Mimi réglera les 40 000 francs de sa poche, le premier chèque sera annulé, et tout le monde réconcilié, comme le démontre le dossier judiciaire de l'affaire *Voici*.

Durant ces années, Mimi gagne la confiance de chanteuses ou de jeunes actrices comme Marie Gillain, qu'elle rencontre au moment de l'affaire Sarde. Marie Gillain est entendue comme témoin, le 25 juin 1997. Elle a à peine plus de vingt ans. Elle raconte aux enquêteurs que, sur le tournage d'*Un air si pur*, le photographe Jean-Pierre Bourgeois lui aurait proposé de retrouver dans sa chambre d'hôtel Alain Sarde, qu'elle a rencontré deux ans auparavant sur le tournage de *L'Appât*, film emblématique qui lui a apporté le succès et dans lequel le producteur tenait un petit rôle de pervers tranquille.

Contactée, Marie Gillain n'a pas voulu nous dire quels liens elle entretenait avec Michèle Marchand et sur l'affaire Sarde, qui s'est soldée par un non-lieu pour le producteur, elle a déclaré : « Je n'ai heureusement pas subi de harcèlement, bien que je sois sensible à ce sujet. À l'époque, j'ai été entendue par la police car j'ai été amenée à le croiser quelques fois, mais il n'a jamais eu de geste ou d'attitude déplacée envers moi. »

Mimi développe quelques activités avec Shadow en marge de la presse. Un ancien de la DGSE nous affirme qu'elle fait de la formation pour les agents des services secrets français, leur enseignant comment se faire passer pour des paparazzis s'ils doivent planquer dans un grand hôtel, par exemple. Fidèle à sa tradition, la DGSE n'infirme ni ne confirme, et Mimi dément. C'est savoureux. On l'imagine donnant des conseils : comment sont vêtus les photographes, quel matériel ils utilisent, comment on tient son appareil photo... Autant de petits détails qui pourraient trahir un agent en opération. Elle gère aussi l'image de stars, Samy Naceri, notamment. Ils sont aujourd'hui complètement brouillés. Elle envoie des starlettes, comme la chanteuse Ophélie Winter, jouer les utilités dans des soirées, contre rémunération. Alexia Laroche-Joubert, directrice des programmes d'Endemol France, la maison de production qui lance la téléréalité en France, interrogée à l'époque, reconnaît qu'elle fait appel à Mimi en raison de ses relations au sein de la police, qui lui permettent de vérifier les CV des candidats à des émissions comme « Opération séduction » ou

« Star Academy ». L'agence Shadow règle également le loyer d'un appartement, dont le bail est établi au nom d'une participante de la deuxième édition de « Loft Story », bien que cette dernière ne l'habite pas. Elle y héberge des gens qui lui fournissent des informations, comme le directeur d'une agence d'événementiel.

Mimi prend en charge la communication de crise de l'agence de mannequins Elite. Selon elle, il s'agit de produire du contenu en interviewant les mannequins ou en suivant les concours, puis en vendant à la presse ces « publireportages » – Mimi appelle cela du journalisme.

En 1999, un reportage de la BBC en caméra cachée a révélé un secret de polichinelle : les jeunes mannequins de l'agence sont victimes de comportements déplacés, de harcèlement voire d'agressions sexuelles. L'agence intente un procès en diffamation contre la chaîne, qui se solde par un discret accord à l'amiable. Quelque temps après, Omar Harfouch, un actionnaire d'Elite, témoigne à son tour dans le magazine *Capital* et confirme les rumeurs. Il parle d'exploitation sexuelle. Alain Kittler, le directeur général de l'agence de mannequins, l'assigne en justice. Omar Harfouch est désormais victime de tentatives de déstabilisation. Des articles insultants paraissent dans la presse people, derrière lesquels il pense voir l'œuvre de Mimi, comme il le rappelle dans le documentaire de Canal +, *Les Méthodes chocs des paparazzis*. Le climax est atteint lorsqu'un rapport d'Interpol est publié dans la *Tribune de Genève* et dans *L'Express*, affirmant qu'Harfouch est un proxénète.

Après enquête, il sera établi qu'il s'agit d'un faux. Le rapport original émane d'une agence de détectives privés française nommée Intelyx, disparue depuis, qui a été fondée entre autres par un ancien policier de la brigade de recherche et d'intervention de la préfecture de police de Paris. Intelyx a envoyé son rapport par fax à l'agence Elite. Dans le reportage de Romain Bolzinger, on voit la page de garde, adressée à Michèle Marchand, qui commence par ces mots : « Madame, suite à votre demande… »

Le journaliste de *L'Express*, Renaud Revel, reconnaît avoir été instrumentalisé. Harfouch gagnera tous ses procès en diffamation : contre Elite, contre la *Tribune de Genève*, et contre *L'Express*. Mais il a pris au sérieux les menaces qu'il a reçues et, pendant plusieurs années, ne se déplacera plus sans garde du corps.

Malgré toutes ces activités, c'est bien Prisma Presse qui assure l'essentiel des revenus de Shadow et le système vole en éclats après l'enquête menée par la juge Dominique de Talancé suite au signalement Tracfin sur les circuits suspects d'argent entre Shadow, *Voici*, Mimi et Michelle Pataud. Mimi doit quitter les locaux du faubourg Saint-Honoré. Elle prend en location un petit réduit de 25 mètres carrés au rez-de-chaussée du 11 rue Marbeuf. Les toilettes sont dans la cour. Elle récupère des ordinateurs et rameute ses troupes : ses informateurs, les jolies filles qui travaillent avec elle et qui ont été entendues par les enquêteurs, des photographes. La nouvelle société s'appellera People Presse. Son objet : presse et événementiel. Cinq salariés. Selon son habitude, elle se garde d'apparaître dans les documents officiels et place à la direction une jeune femme de confiance qui fait office d'informatrice depuis quelques années. Elle change l'orientation du tuyau d'information pour alimenter désormais les magazines du groupe Hachette Filipacchi Médias, une filiale de Lagardère. *Paris Match*, notamment, va devenir l'un des principaux partenaires de Mimi. Elle reproduit l'arrangement qu'elle avait avec *Voici*. Elle entre comme dans un moulin, jusqu'au bureau d'Olivier Royant, qui dirige *Paris Match* depuis l'éviction d'Alain Genestar, renvoyé sur pression politique après que le magazine a publié en une des clichés de Cécilia Sarkozy avec son nouveau compagnon, le publicitaire Richard Attias, à New York. Alain Genestar en tirera un livre. Mimi travaille aussi avec *France Dimanche*, *Ici Paris*, *Public*, le *JDD*, *Télé 7 jours*. Quand Laurence Pieau quitte à son tour *Voici* pour lancer *Closer*, c'est un nouveau débouché, et non des moindres.

Mimi apprend toujours de ses erreurs. Elle diversifie non plus les activités, mais les supports. Et, en animal de proie, elle s'adapte : la presse papier et les princesses sont derrière nous. C'est l'ère de l'Internet et du politique qui commence.

Sur un bateau, François Hollande lit L'Histoire de France pour les nuls *tandis que dans l'eau, Ségolène Royal, future candidate à l'élection présidentielle, flotte, une frite bleue derrière le cou.*

Closer, août 2006

C'est avec cette photo de Ségolène Royal en maillot de bain, prise à son insu, que les politiques français sont vraiment devenus des people comme les autres. Des people comme les autres, soumis donc aux mêmes règles de narration, aux mêmes scénarios, et au même dévoilement de leur vie privée – et sans qu'aucune attention soit portée à leur travail ou à leurs fonctions. On parlera de naissances, de leurs amours, de leurs vacances, de leur corps et de leurs séparations. On suivra avec le même intérêt leurs histoires passionnelles (Nicolas Sarkozy et son ex-femme Cécilia, puis Carla Bruni), leurs séparations douloureuses (François Hollande et Ségolène

Royal, Nicolas et Cécilia Sarkozy, Valérie Trierweiler et François Hollande). Leurs vies privées sont les nouveaux feuilletons à un sou.

L'ancien chef de l'État François Hollande a accepté de nous recevoir pour en parler. Sur la table basse de la salle d'attente trône un exemplaire de *L'Intégrale Beauf*, l'ouvrage de Cabu, dessinateur de *Charlie Hebdo* assassiné le 7 janvier 2015 par les frères Kouachi. Sur le rebord de la fenêtre, s'entasse la presse de la semaine. L'ancien président doit donner une interview à Ruth Elkrief à 19 heures et, dès 15 heures, les équipes de BFM installent leur matériel dans ses bureaux, au quatrième étage d'un immeuble de la rue de Rivoli, dont les fenêtres ouvrent sur le jardin des Tuileries. C'est à travers un ballet de journalistes, de cadreurs et de caméras qu'il vient à notre rencontre. Derrière lui, Julie Gayet esquisse un sourire poli avant de s'éclipser.

Il est d'accord pour parler de Mimi, bien qu'il dise n'en savoir que peu sur « ce parcours humain exceptionnel ». Il la soupçonne encore d'être à l'origine du scoop qui a mis sa présidence en danger, avec la publication par *Closer* des images de la rue du Cirque. « Ce qu'il faut bien comprendre, c'est que c'est Michèle Marchand qui est responsable de la peopolisation de la vie politique. La première fois, c'est lorsque Ségolène Royal – j'étais alors avec elle, été 2006 – se fait photographier sur une plage avec moi. Pour la première fois on voit une femme politique, en l'occurrence Ségolène, en maillot de bain. Et avec l'idée qu'elle était complice de ça.

Or je peux en témoigner, elle n'était pas plus complice que je ne l'étais. On met une femme, candidate à l'élection présidentielle, dans cette situation. Ça a été le début d'une certaine dérive car la presse générale a repris cette photo. *Le Monde* par exemple. Sous couvert de dénoncer le procédé. Mais on reproduit la photo quand même... » Il évoque la présence incessante des paparazzis de Mimi derrière lui. « Chaque fois qu'un paparazzi a été contrôlé, c'était un photographe de Bestimage. Tous les déplacements au cours desquels j'étais suivi, c'était Bestimage, toujours. Je me suis fait photographier une fois à Tanger, encore par Bestimage, qui avait su que je voyageais sur Air France. » Devant le logiciel Amadeus, nous sommes tous égaux.

L'ancien président évoque ensuite les photos qui ont suivi celles de *Closer*. Publiées dans *Voici* cette fois, elles ont été prises à l'intérieur de l'Élysée. François Hollande fait le lien avec les services privés du Palais (c'est-à-dire le personnel habilité à travailler dans les appartements privés) dont il avait hérité de son prédécesseur Nicolas Sarkozy. Cinq membres du personnel seront « réaffectés » dans d'autres services de l'intendance.

François Hollande s'inquiète de la présence au cœur du pouvoir d'une personne ayant des réseaux, des méthodes, des relations et une économie privée si contestables. Il affirme comprendre le désir de Mimi de se racheter une légitimité et voir l'intérêt pour Emmanuel Macron de s'attacher ses services, ce qui revient à la désarmer. L'ancien chef de l'État y discerne un danger à la fois pour la vie privée, qui mérite d'être protégée, et pour la vie démocratique. Il adresse une mise en garde d'une gravité exceptionnelle : « Imaginez qu'un adversaire d'Emmanuel Macron soit visé par une tentative de déstabilisation ou d'intimidation. Bestimage pourrait apparaître comme le bras armé de l'entreprise, alors que Macron ne le saurait peut-être même pas. » L'ancien président ajoute : « C'est un sujet éminemment politique. Vous ne pouvez pas avoir à l'Élysée quelqu'un dont le métier est de faire de la révélation de vie privée. »

« Toutes nos félicitations à la future maman. » Une photo en pied de Rachida Dati, la ministre de la Sarkozie qui a pénétré avec éclat ce sérail dont elle n'était pas. Juchée sur ses escarpins, corps fin et sourire en coin, la garde des Sceaux sort d'un conseil des ministres restreint avec ses dossiers et son téléphone sous le bras. Son ventre est parfaitement plat. « Rachida Dati enceinte », titre le pure player qui révèle même la date prévue de l'accouchement.

Publication sur Purepeople,
© agence Angeli, 16 juillet 2008

La presse people change et ceux qui ne s'adaptent pas disparaissent. Les paparazzis les premiers : le passage au numérique, d'abord, qui demande moins de technique et qui modifie profondément le temps (on est entré dans le règne de l'immédiateté), a ouvert les rangs de la profession, avant de la décimer, car la presse people est désormais nourrie au quotidien sur Internet. N'importe quelle personne munie d'un smartphone, c'est-à-dire, littéralement, n'importe qui, est un paparazzi en puissance. Pour faire de la photographie politique, il faudra toujours des accès, pour faire du grand reportage, du courage. Et dans tous les cas, du talent. Mais pour la presse people, il ne faut plus qu'un téléphone.

Les journaux people vont se transformer et conclure des alliances avec leurs proies, pour faire des portraits, des *stories*, des sagas. Les scoops seront plus rares. Oh, il y aura bien toujours une rue du Cirque de temps à autre. Mais enfin, ça ne sera plus jamais la même chose.

Pourtant, Mimi veut encore travailler à l'ancienne, sécuriser des exclusivités, et elle y parvient, d'ailleurs. Elle rode sa méthode au fil de fausses paparazzades. Le terrain de jeux de sa nouvelle société, People Presse, est la politique, ou plutôt les hommes et les femmes qui la font. Ainsi, elle apprend très tôt la grossesse de Rachida Dati. Mimi décroche alors son téléphone. « Rachida, je suis au courant. On va pas le sortir, pas tout de suite. Mais on le sortira les premiers et on le fera bien, avec de jolies photos que je te ferai voir, etc. C'est d'accord ? » C'est d'accord.

La photo est publiée sur le site en ligne Purepeople que Mimi vient de monter pour Cédric Siré, un entrepreneur du Web qui lance en même temps Puretrend et Purefans. Il regroupe ces sites dans Webedia, aujourd'hui une « licorne », c'est-à-dire une entreprise dont la valorisation est supérieure au milliard d'euros. Cédric Siré raconte avoir regardé sur les colonnes Morris ce qui se vendait, en avoir tiré une analyse instantanée de la presse et lancé ses trois premiers pure players, des sites qui ne vivront que des sponsors et de la publicité. Il confie les manettes et quelques parts au meilleur de chaque secteur. Pour le people, ce sera donc Mimi Marchand. Comme ils avaient besoin d'une agence photo, elle a d'abord recommandé celle de Jean-Michel Psaïla, son complice photographe chez *Voici*, qui dirige maintenant l'agence Abaca. Ils ont tous deux des parts du capital. Quand elle montera Bestimage, sa propre agence, c'est elle qui deviendra le fournisseur exclusif du site.

Mimi approche la soixantaine, elle a coupé ses cheveux court, annoncé déjà plusieurs fois qu'elle se retirait – notamment lorsqu'elle écrit en 2007 à Franz-Olivier Giesbert, le patron de Jean-Michel Décugis, qui est alors journaliste au *Point*, pour se plaindre d'un papier qu'il a consacré à l'affaire de la double comptabilité de *Voici*. Elle affirme être désormais « rangée des bicyclettes ». Dans son article, Jean-Michel Décugis écrivait : « Michèle Marchand, qui n'a pas souhaité répondre à nos questions, se présente comme une "grand-mère de quatre petits-enfants" qui "n'aspire qu'à la paix et à la tranquillité". Elle dit ne plus s'occuper de la presse people – ce que contredisent tous les professionnels du milieu. »

Comme d'habitude, elle ne prend pas de fonctions officielles dans l'organigramme et place à la rédaction en chef la jeune femme qui est également gérante de People Presse. Depuis ce nouveau navire amiral, elle opère un de ces revirements dont elle a le secret :

elle se gentrifie, comme un quartier populaire où les vieilles bicoques sont retapées et où les magasins ED sont remplacés par des épiceries bio. Elle connaît de mieux en mieux les célébrités, fréquente les mêmes fêtes, les mêmes restaurants, connaît tout de leur vie, aussi. À force de les côtoyer, elle va devenir leur alliée, et on n'y verra que du feu.

Presque un an après la révélation de la grossesse de Rachida Dati, Mimi rappelle. Voix usée, mais gouleyante. « Rachida, j'ai vu passer des photos de ta fille. Tu ne vas pas être contente. On la voit bien, gros plan sur le visage. Je n'ai rien pu faire pour les arrêter, malheureusement. » Malheureusement. Rachida se désole. Mimi a une solution. Elle est impuissante à empêcher la publication chez un concurrent, mais elle peut les prendre de vitesse. Elle propose à Rachida Dati d'organiser rapidement une séance de pose qu'on fera passer pour des photos volées. La principale intéressée pourra les valider, s'assurer qu'elle y est à son avantage et qu'on n'y reconnaisse pas sa fille. « Les gosses, c'est sacré, il faut protéger la petite… » On grillera la politesse à ceux qui voulaient exposer l'enfant. Aussitôt dit, aussitôt fait. Sur les photos, Rachida Dati, svelte, en jean, talons et col roulé noir, joue dans un parc avec une petite toute en blanc dont on ne voit pas le visage – Mimi lui a fait rajouter des cheveux sur Photoshop. Les clichés paraissent en couverture de *Paris Match*.

Même les stars qui cultivent la discrétion ne sont pas à l'abri. En 2003, quand Charlotte Gainsbourg accouche de sa fille, Mimi appelle un jeune manager qui connaît la chanteuse. « Alors, rappelle-moi quelle est la clinique, que je fasse envoyer des fleurs. » Il ne tombe pas dans le panneau. Deuxième appel, un peu plus tard. « C'est quoi le nom qu'ils lui ont donné, à la petite ? » Il est sur le point de gaffer, se reprend au dernier moment. Alors, elle tombe le masque et propose 2 000 euros pour le prénom du bébé. Juste pour pouvoir le sortir avant les autres.

Malgré ces quelques scoops, l'attrait de l'interdit s'émousse pour Mimi, ou se déplace. Quand Purepeople dévoile la liaison de Nicolas Sarkozy et Carla Bruni en publiant une photo du couple à Disneyland Paris le 15 décembre 2007, c'est de façon concertée, avec leur accord, au moment qui leur convient et selon leurs conditions. Purepeople, dès le départ, est pensé comme un outil à destination des stars, une vitrine, et s'enorgueillit de n'avoir jamais eu de procès – ce n'est pas tout à fait exact, Nagui, notamment, portera plainte contre le site qui a révélé la grossesse de sa compagne ainsi que leur pacs, avant même qu'il soit transcrit à l'état civil. Illustration de l'ambivalence permanente de Mimi avec cette petite anecdote qui aurait pu lui coûter très cher : le 18 octobre 2010, Purepeople révèle qu'une personnalité politique de premier plan a voulu se suicider. L'information est immédiatement reprise sur les réseaux sociaux. La politique attaque aussitôt et réclame plusieurs dizaines de milliers d'euros au site Internet en réparation de son préjudice moral. Une transaction est finalement conclue avec Purepeople, le pure player échappe ainsi à une condamnation qui aurait pu être lourde. En effet, quelques jours plus tard, lorsque l'information ressort dans *Gala*, à la rubrique « Flash Express, les 10 buzz de la semaine », avec des photos non créditées, le magazine sera condamné, le tribunal relevant que le suicide est l'un des actes les plus intimes qui soient.

La chanteuse Afida Turner, connue sous le nom de Lesly pour sa participation à « Loft Story 2 », fait également plusieurs fois le siège de Purepeople, menaçant de casser la gueule à tout le monde, furieuse du traitement dont elle fait l'objet. Il faudra appeler la sécurité…

En interne, l'ambiance n'est pas excellente non plus, ce n'est rien de le dire.

Un échange entre le fondateur de Purepeople et un responsable de la rédaction, évoqué dans une procédure judiciaire, fait état de la réticence des journalistes à signer leurs papiers, car Mimi y fait des modifications. Elle aurait ainsi ajouté ces quelques lignes à un article : « Celui qui se la joue... rebelle, a du déchirer ses papiers, dans un accès de dinguerie aïgue ! Il est vraiment détestable ce gamin mal lavé. Oui, mal lavé (nous l'avons croisé il y a quelques temps... aïe) et aussi mal élévé ! » Le responsable dénonce aussi le comportement « d'une manageuse d'ouvriers capable d'envoyer publiquement à un de ses employés "Tu n'es rien, tu n'es personne" ».

Malgré tout, procès et scandales sont plus rares que chez *Voici*. Mimi fait attention à ce qu'elle sort mais est toujours animée de la même curiosité. Ainsi, quand un mail anonyme lui arrive d'un jeune homme qui affirme avoir filmé une chanteuse pop en pleine crise de nerfs dans le terminal d'un aéroport, c'est elle qui rappelle, en personne, immédiatement. Elle lui fixe un rendez-vous, regarde la vidéo avec gourmandise, « quelle caillera », commente-t-elle joyeusement. Son œil frise devant la captation de cette chanteuse qui a démarré trop jeune et trop confiante et qui est devenue une des cibles favorites des journaux à scandale. À l'image, on la voit furieuse d'être suivie, s'en prendre au jeune inconnu qui filme sans craindre l'affrontement physique. « Mais c'est pas pour nous, on peut pas y aller. C'est pas notre came. » Purepeople ne cherche pas le scandale, il provoque juste les révélations inéluctables, avec un peu d'avance sur la concurrence et l'aval des célébrités concernées. La ligne est proche de celle de *Gala*, un faire-valoir pour les puissants, un tapis rouge déroulé pour les gens célèbres, qui n'aurait du scandale que les habits accrochant la lumière.

« Ça vaut quelque chose ? demande le photographe.

— Le problème c'est qu'ils sont hyper procéduriers ces gens-là. Moi je ne la mettrai pas sur le site. Qui irait ? s'interroge-t-elle tout haut. Je vais essayer de te la vendre. »

Elle appelle en direct des rédactions, *Closer*, *VSD*, et demande « c'est un truc où tu vas, toi ? » Puis *Choc*, *Entrevue* et fait la mise en contact. « Si tu dois lui faire une pige parce que tu peux pas faire autrement j'imagine… Tu lui files un billet de 2 000 et il te la laisse j'imagine. »

Elle ne demande rien en échange, ne touche sans doute même pas de commission pour jouer les intermédiaires. C'est un service qu'elle rend, rapide et efficace, à un parfait inconnu, juste parce que sa vidéo est bonne, parce qu'on ne sait jamais ce que l'avenir nous réserve et qu'elle aura peut-être besoin de lui un jour, parce que ça lui prend trois minutes, à Mimi, de joindre ces patrons et vendre les images de ce jeune homme dont elle ignore qu'il tourne en réalité un documentaire sur les méthodes de la presse people. Elle obtiendra en justice d'être floutée. Aujourd'hui, ce film de 90 minutes de Romain Bolzinger qu'on a pu visionner dans son intégralité, est facilement trouvable sur YouTube, mais dans une version expurgée des séquences où l'on voyait Mimi. Il ne dure que 55 minutes.

Mimi nous assure : « Mon métier, c'est seulement la presse, la presse, la presse. Depuis 1995, quand je suis arrivée chez *Voici*, je n'ai plus rien fait d'autre que de la presse. Sans cela, je ne pourrais pas avoir de carte de presse ni mon agence un numéro de commission paritaire. » Ce n'est pas tout à fait exact : il suffit que l'agence tire la majorité de ses revenus de la fourniture de contenu payant aux médias pour conserver son numéro de commission paritaire – le statut d'agence de presse offre de gros avantages fiscaux.

Pour le reste, Mimi développe sa nouvelle activité : la gestion d'image pour des célébrités. Avec une sorte d'impudeur d'admiratrice, elle nous dit qu'elle gère l'image de Gad Elmaleh, d'Isabelle Adjani (dont elle nous montre les textos ponctués d'émoticônes)... Elle se vante, encore aujourd'hui, alors qu'elle les connaît tous, de l'amitié de ces gens connus. Comme on reconnaît toujours un gosse qui a eu faim, on reconnaît une femme qui ne fait pas partie du beau monde.

Cette nouvelle activité s'accompagne d'une philosophie : Mimi est le guide, efficace et dégourdi, qui vous accompagnera à travers la jungle cruelle des médias. De là, le pas est vite franchi, qui consiste à se mettre tout simplement au service des plus forts, des plus riches, des plus puissants. Elle accompagne Brigitte Macron faire ses courses, elle sort Figaro le chien de sa fille, elle embrasse le patron. Au printemps 2016, quand Sylvain Fort, le conseiller à la communication d'En Marche, a un grave accident de scooter, il appelle Mimi pour qu'elle lui apporte son portable aux urgences. Mimi est là quand on a besoin d'elle. Et de services rendus en petits arrangements entre amis, elle trace sa route dans un univers qui n'était pas le sien.

« Et si c'était lui... »

À l'heure où la presse people est occupée à chercher le père de la fille de Rachida Dati, Closer…

Publication judiciaire en page 7 : « Par décision du 31 mai 2010, le tribunal de grande instance de Paris (17e chambre-chambre civile de la presse) a condamné la société MONDADORI MAGAZINES FRANCE à verser des dommages et intérêts à Henri Proglio pour avoir porté atteinte à sa vie privée et à son droit à l'image dans le numéro 244 du magazine CLOSER daté du 12 au 19 février 2010. »

La vraie puissance, ce n'est pas publier, c'est savoir et retenir. C'est non pas dévoiler, mais dissimuler. Ce que Mimi appelle prosaïquement « mettre la poussière sous le tapis ». Finie la révélation des secrets – sauf s'ils peuvent aider un proche –, finis les scandales retentissants. Arrêter une publication est la preuve d'un plus grand pouvoir. Même des présidents en exercice n'ont pas toujours réussi.

En 2010, Mimi reçoit un appel d'une vieille connaissance : Philippe Féval, l'ancien numéro deux de la BRB Paris. Souvenez-vous, il dînait un soir au Cirque... Il est tombé depuis pour une complexe histoire d'indic et a été incarcéré. Réintégré par sa hiérarchie à sa sortie de prison, le policier, toujours estimé par ses pairs, a choisi de ne pas revenir et occupe désormais un poste à la sécurité de Veolia. Il expose sa demande : la photographie de son patron avec Rachida Dati est une inadmissible atteinte à l'image. Henri Proglio est d'ailleurs un homme prudent qui se protège d'ordinaire soigneusement de la presse.

La photo de Dati et Proglio est déjà sortie dans *Closer*, mais Mimi accepte d'en stopper la vente et la diffusion sur Internet. Sur le site de Purepeople, qui avait déjà repris l'information, les visages sont floutés. Aujourd'hui, seuls deux sites, sur Internet, la publient encore.

Philippe Féval se souvient que Mimi n'a rien demandé en contrepartie. Elle a été « correcte ». Dans ces échanges de bons procédés, la rétribution n'est jamais immédiate.

Le principal, pour Mimi, c'est que la porte du pouvoir soit bel et bien en train de s'ouvrir. Des hommes puissants font appel à elle. Mimi, la garagiste, la tenancière de boîte, la pigiste qui enchaînait les procès, a désormais le pouvoir de les protéger. Et de se créer ainsi des obligés.

Mimi revend, en 2010, ses parts de Purepeople pour la somme de 500 000 euros, tout en négociant un contrat de prestataire extérieur qui lui permet de continuer à gérer les affaires à distance. Elle dispose des codes du site et rectifie en direct, depuis chez elle, quelle que soit l'heure du jour ou de la nuit, les informations erronées. Elle est aussi à l'origine du rachat par Webedia de Ozap, qui deviendra Puremédias. Quand quelque chose n'est pas à son goût, elle appelle, furieuse, et hurle au téléphone : « Passe-moi l'enculé ! » Si on lui demande lequel, elle répond, plus fort : « L'AUUUUTRE enculé. » Il arrive que la rédaction laisse sonner dans le vide, personne ne voulant prendre la communication. Mimi finit par appeler en numéro masqué afin que quelqu'un décroche.

Elle se déplace dans les locaux pour engueuler les rédacteurs, les former, aussi. Derrière les écrans qui les ont vus grandir, les doigts sur les claviers dont ils connaissent les moindres raccourcis, la génération millennials baisse la tête et fait le dos rond quand elle entre au pas de charge, habillée de pyjamas de marque informes, les malmener de sa voix usée aux enceintes des boîtes de nuit. Ils essaient de ne pas se faire remarquer quand celle qui est la véritable patronne, soixante-dix années bien sonnées, vient leur apprendre le métier.

Malgré tout son travail, ses efforts et son habileté, malgré son dévouement, les finances de sa propre structure, People Presse, ne suivent pas. En janvier 2012, le passif est de 491 milliers d'euros. Le dernier chiffre d'affaires s'élève à 601 milliers d'euros avec une perte de 121 milliers d'euros. Une procédure judiciaire est ouverte sur assignation de l'Urssaf. La liquidation est effective le 18 janvier 2012. Les griefs à l'encontre de Michèle Marchand sont d'avoir détourné ou dissimulé son actif, ou augmenté son passif. Le procureur requiert une sanction de faillite personnelle d'une durée de huit ans. Mimi se défend élégamment en faisant valoir qu'elle n'était que rédactrice chez People Presse et que la gérante ayant dû démissionner en août 2011 « pour des raisons de santé », elle a été contrainte de prendre sa suite, pendant quatre mois seulement puisque la société a fait faillite peu après. Elle plaide aussi que la faiblesse de sa retraite l'a obligée à prendre un emploi de rédactrice dans une autre société : une condamnation mettrait ce travail en danger.

Mimi se tire sans sanction judiciaire de la faillite de sa société. Elle n'est toutefois pas démunie, forte de la vente de ses actions de Purepeople, et elle va se concentrer sur sa nouvelle création, Chouet'Press, qui lui permet d'acquérir une prestigieuse agence de photographie en faillite : l'agence Angeli, qu'elle va rebaptiser Bestimage.

Daniel Angeli est un petit homme brun et menu, discret, timide, aux yeux inquiets toujours cachés derrière un téléobjectif. Compagnon de route de Raymond Depardon au début de leur carrière, il est, dans les années 1960, l'introducteur en France de la méthode paparazzi : la planque. Des heures. Sous le cagnard ou sous la pluie. Dans la neige. Dans l'eau jusqu'aux épaules tous les jours pendant des mois devant la Madrague, la propriété de Brigitte Bardot, ce qui lui vaudra le bronzage des spécialistes de BB : bronzé de la tête aux épaules, blanc au-delà. Il fait la saison d'été à Saint-Tropez, celle d'hiver à Megève, et vadrouille le reste du temps entre Saint-Germain-des-Prés et le 8e arrondissement. Il use ses talons sur le trottoir de l'avenue Georges Mandel où Catherine Deneuve habite alors le troisième étage d'un immeuble cossu, et la Callas le deuxième. Il prendra d'ailleurs une photo de la cantatrice et du milliardaire Aristote Onassis ensemble en voiture, à une époque où il est déjà le compagnon de Jackie Kennedy. Il est giflé par Jean Gabin, des policiers lui confisquent ses bobines de photos de Giscard d'Estaing nu à Brégançon et il abandonne de lui-même le rouleau des clichés de Gunter Sachs accompagné d'une « amie », juste parce que ce dernier le lui a demandé gentiment. Il prendra du patron de Fiat Giovanni Agnelli sautant nu de son yacht dans la baie de Saint-Tropez des photos qui le rendront célèbre mais ne publiera pas de gros plan des larmes du prince Charles qui vient de perdre son meilleur ami dans une avalanche. Il cherche le scoop mais ses images, élégantes et bien cadrées, souvent en noir et blanc, racontent aussi une époque révolue.

Depuis les années 1960, il croise Johnny Hallyday de fêtes en concerts, mais c'est seulement en 1996 que les deux hommes deviennent amis, par l'intermédiaire de leurs femmes, Laeticia et Cécile. L'attraction du rocker et la séduction qu'il exerce sur Daniel Angeli sont si fortes que ce dernier va tout quitter pour devenir son photographe officiel et documenter son intimité pendant presque quinze ans. Il délaisse ses autres sujets, son agence, il ne fait plus que Johnny. Il sera là pour tous les concerts, pour toutes les séances d'enregistrement, pour l'adoption de la fille aînée du couple…

Puis c'est la brouille entre les deux femmes, jusque-là amies inséparables, pour un texto moqueur écrit par l'une et que l'autre n'aurait jamais dû voir. Laeticia bannit Cécile de leur existence et Johnny somme Daniel Angeli de choisir : sa femme ou lui… Daniel choisit sa femme

– et perd tout. La conjoncture économique n'est pas bonne pour le monde de la photo, son agence est l'objet d'un contrôle fiscal qui va s'avérer catastrophique. Le montant du redressement est tel qu'elle est placée en liquidation judiciaire. Vingt-six personnes se retrouvent au chômage. Neuf projets de rachat sont déposés, dont seulement deux sérieux : celui d'un producteur et celui de Mimi. C'est elle qui est choisie par l'administrateur. Pour un euro symbolique, elle rachète une des plus grosses agences de paparazzis françaises. C'est le début de son essor. Elle paie les dettes à un correspondant américain (à peu près 50 000 euros), trouve des locaux pas trop chers mais corrects à Levallois-Perret, près de ceux de Lagardère et de Purepeople qui a déménagé. Et elle garde les photographes, sauf deux qui se battent aujourd'hui encore devant la justice pour récupérer leurs clichés.

Pour Daniel Angeli, qui a gagné beaucoup d'argent dans sa vie mais n'a jamais épargné, le rachat est une bénédiction : Mimi vend ses archives, qui complètent ses revenus, elle est caution de son appartement ; il se sent redevable.

Pour elle, l'opération est exceptionnelle : elle a un trésor entre les mains – une fabuleuse banque d'images – et une armée de photographes doués, heureux de se trouver à nouveau en selle. C'est une nouvelle ère qui commence : Mimi est devenue une véritable patronne de presse.

Il y a les photos qu'on voit. Et puis il y a les rumeurs de photos – plus dangereuses peut-être, car elles persistent sur la rétine de l'imagination. Il y a celles dont on sait qu'elles existent mais qui ne seront jamais publiées – une princesse morte ou un ancien président complètement nu ; et celles dont on fantasme l'existence – le baiser d'un chef du gouvernement et d'une jeune ministre, d'un président et d'une journaliste très connue...

Il existe à Pantin un entrepôt de plusieurs centaines de mètres carrés, protégé par un haut grillage. Pour entrer, on passe une première barrière où l'on exhibe ses papiers d'identité. À l'intérieur, un agent d'accueil détient les clés qui ouvrent la porte de la partie consacrée à Bestimage. Des centaines de milliers de négatifs y sont conservés. Des dizaines d'armoires en acier, divisées en casiers qui contiennent chacun des centaines de planches-contacts – l'impression en taille réelle des négatifs de pellicules argentiques de 135 millimètres pour la plupart, le matériel habituel des photojournalistes avant le passage au numérique. Des cartons non classés sont entassés dans les coins. Un trésor au secret, les cahiers répertoriant les sujets, le nom des photographes, les dates et le lieu de classement ayant été perdus, ou détruits, au moment de la vente de l'agence Angeli à Mimi.

On ignore où sont conservés les fichiers des images actuelles. Des serveurs informatiques dans un coffre à la banque ? Un autre hangar en banlieue parisienne ? Une salle à part, au même endroit ? Un coffre-fort dans les locaux de la société, rempli de disques durs ? Où dorment-elles, toutes ces images qu'on ne verra jamais ? Existent-elles seulement ?

« Quand il y a des enfants, elle n'y va jamais. » « Les enfants, c'est son point faible. » « Elle adore les enfants et ne supporte pas les gens qui leur font du mal. Elle est très famille. » Tout le monde s'accorde là-dessus, même ses détracteurs : Mimi protège les enfants.

Le 7 octobre 2015, lors d'un procès à huis clos devant le tribunal correctionnel de Paris, Jérémie Ladreit de Lacharrière, trente-huit ans, est condamné à trente mois de prison avec sursis pour avoir diffusé des images pornographiques d'enfants sur Internet. Il est en récidive légale après une première condamnation définitive en 2008 pour des faits identiques.

D'après le jugement, Jérémie Ladreit de Lacharrière était inscrit depuis janvier 2011 sur un site spécialisé hébergé en Russie. Il y présentait quarante-six albums intitulés *girls*, *boys*, *kids* contenant deux mille sept cent vingt-huit photos d'enfants nus. La moitié des albums était librement accessible et présentait des photos d'enfants dont les visages et les parties intimes étaient floutés. Les autres, protégés par un mot de passe – « chaleureusement partagé sur demande des autres membres », comme l'indiquait Jérémie Ladreit de Lacharrière dans le texte d'introduction –, montraient les images non floutées ainsi que des gros plans des parties intimes d'enfants. Un album en particulier regroupait quatre-vingt-un clichés de la même fillette âgée de trois ans. Jérémie Ladreit de Lacharrière échangeait ces photos contre des clichés de jeunes adolescents, précisant qu'il recherchait seulement un matériel « privé et original ». Pour éviter les contrôles, il employait des techniques avancées, notamment la dissimulation d'images pédophiles à l'intérieur de photographies non répréhensibles. Il faudra que les services américains spécialisés dans la cybercriminalité les repèrent et les signalent à leurs homologues français pour qu'une enquête soit ouverte par la brigade des mineurs de Paris. Les enfants photographiés étaient ceux d'amis avec qui il passait chaque année des vacances dans sa propriété.

Jérémie Ladreit de Lacharrière est interpellé à son domicile le 9 janvier 2013. Lors de la perquisition, un appareil, un caméscope, deux cent trente-cinq CD gravés et un important matériel informatique sont saisis.

Sur le réseau, Jérémie s'était vanté d'être sous le coup d'une précédente condamnation et avait décrit les mesures de précaution qu'il prenait, évoquant notamment une clé USB contenant des milliers d'autres images, si bien cachée qu'il aurait fallu démolir son appartement de fond en comble pour la trouver. Confronté à cette interception judiciaire, il consent à apporter la clé incriminée aux enquêteurs qui n'y découvrent que des vidéos banales récemment téléchargées, si lourdes qu'elles ont écrasé le contenu précédent.

Mimi a rencontré Marc Ladreit de Lacharrière, le père de Jérémie, en 2013, date à laquelle celui que le grand public ne connaît pas encore comme le généreux employeur de Pénélope Fillon à la *Revue des Deux Mondes* a commencé les négociations de rachat de Webedia, la société qui détient Purepeople. Mimi n'est plus actionnaire depuis 2010 – on l'a vu, elle a revendu ses parts pour un montant de 500 000 euros –, mais elle a négocié un contrat de prestataire extérieur qui lui permet de superviser le site et il a voulu s'assurer qu'elle allait continuer, nous a-t-elle dit.

Marc Ladreit de Lacharrière refuse une première convocation à la brigade des mineurs au sujet de son fils, mais finit par se rendre à la deuxième, sur le conseil de l'avocate qu'il a choisie pour défendre son fils : Me Caroline Toby, qui est comme on l'a vu l'avocate pénale de Mimi notamment dans l'affaire *Voici*, ainsi que celle de Xavier Niel. Le jour de l'audience, deux des trois assesseurs se font porter pâle et doivent être remplacés au pied levé. La brune et vive avocate réussira à éviter la prison ferme à Jérémie Ladreit de Lacharrière.

L'affaire, de par la personnalité du père de l'accusé et l'âge des victimes (il s'agit de très jeunes enfants), aurait dû être médiatisée. Mais ni l'AFP, qui publie l'agenda judiciaire, ni l'Association de la presse judiciaire n'étaient au courant. Selon plusieurs sources concordantes, Mimi s'est occupée personnellement de ce dossier afin que rien ne filtre.

Lorsque nous l'interrogeons, elle s'emporte : « Sur la tête de mes petits-enfants, je ne connais pas l'histoire du fils de Ladreit de Lacharrière. » Puis elle passe à autre chose et nous renvoie sur le scandale Morandini – l'animateur mis en examen en septembre 2016 pour corruption de mineur après avoir envoyé des messages sexuellement explicites à un jeune homme âgé de quinze ans à l'époque. « Mais je suis très étonnée que vous ne trouviez pas que Jean-Marc Morandini, c'est grave aussi. Dans cette affaire, j'étais plus qu'au départ de tout ce qui s'est passé, de ce qui est sorti ! »

Nous insistons sur Ladreit de Lacharrière : « On ne dit pas que vous savez exactement ce qui s'est passé, simplement que vous avez fait en sorte que les choses ne soient pas médiatisées. Nous ne savons pas pour quelle raison vous l'avez fait mais… »

Mimi nous interrompt : « En aucun cas pour une raison financière, vous le savez ça ? Jamais je ne monnaye quoi que ce soit. Et Marc Ladreit de Lacharrière n'est pas actionnaire de ma société… »

C'est peut-être la plus belle de ses prises de guerre : le rocher de Monaco.

En 2013, elle a essayé une première fois de s'introduire. Elle a obtenu un rendez-vous au palais et réclamé une exclusivité sur certains événements, en vain. Sébastien Valente, son vieux concurrent d'E-press, n'avait pas réussi non plus : il avait fait envoyer un portefeuille Chanel à l'attachée de presse, qui le lui avait retourné en recommandé. Le palais princier ne voulait pas de paparazzis, c'était comme ça.

En 2014, Mimi profite de l'arrivée d'un nouveau chef du service de presse au palais, Nicolas Saussier, qu'elle connaît bien. Il travaillait dans l'association de lutte contre le sida créée par Stéphanie de Monaco, et Bestimage a cédé à la presse une image signée de son nom. Grâce à Nicolas Saussier, l'agence de Mimi intègre alors le club très fermé des agences photo accréditées à Monaco. Les liens entre les Grimaldi et la presse sont schizophréniques. La famille est adorée autant que traquée et elle se mire peut-être avec autant d'angoisse que de plaisir secret dans ce miroir doré qu'on lui tend. Elle fait moins vendre qu'autrefois. Avec la photographie des seins de Stéphanie à l'île Maurice à dix-huit ans, les paparazzis Pascal Rostain et Bruno Mouron gagnaient de quoi s'acheter une Ferrari. Mais en juillet 2011, la presse préférait titrer sur le mariage de Kate Moss, plus vendeur que celui du prince Albert avec Charlène. Malgré cette baisse de popularité, les têtes couronnées de Monaco restent une source de revenus réguliers. D'autant que Mimi exerce sur les journaux un chantage efficace : elle leur vend un maximum d'images en échange de la primeur des scoops sur les Macron ou les Hallyday. Les chiffres que dégage Bestimage s'expliquent par le volume considérable de photos vendues. Mimi a aussi, avec certains magazines, des contrats qui lui garantissent un chiffre d'affaires minimal.

En 2015, le pool d'agences accréditées par le palais de Monaco passe de dix-sept à dix, sous l'impulsion de Nicolas Saussier qui trouve que les photographes sont des gens « bruyants, agressifs et qui se tiennent mal ». Il ne reste donc plus que Bestimage, Crystal, Visual, Sipa, ainsi que le photographe de *Nice-Matin* et Frédéric Nébinger, ami de Nicolas Saussier devenu photographe officiel du palais. Un groupe encore plus restreint, composé de cinq photographes seulement, couvrira les événements spéciaux. Mimi s'y impose et Bestimage devient le diffuseur de toutes ces agences.

En termes de pluralité d'expression et de diversité des sources d'information, on repassera.

Nicolas Saussier, quand on l'interroge sur le fonctionnement de la presse monégasque, déclare que Bestimage est une des meilleures agences et que Mimi est très professionnelle. Pourquoi se priverait-il d'elle ? Ses photographes ont jadis paparazzé les têtes couronnées, mais qui ne l'a pas fait ? « Nous voulons de belles photos, propres, de la famille royale. Michèle Marchand connaît les règles. Si elle ne les respectait pas, elle ne serait plus là. » Ceux qui traquaient les princesses se penchent aujourd'hui sur les berceaux de leurs petits-enfants.

Il semblerait pourtant que Bestimage joue un jeu dangereux. Ses photographes, bien informés de l'intérieur sur les activités de la famille, se permettent parfois des paparazzades que Mimi diffuse uniquement à l'étranger, sur les sites d'autres agences, en général, sans mention du nom du photographe ni de Bestimage. Mais l'erreur est humaine. Ainsi on trouvait en juillet 2018 des photographies de Caroline de Hanovre sur un yacht, prises au téléobjectif, vendues sur le site de l'agence Stefano Guindani Photo sous le copyright : fotografo Bestimage, avec un point d'exclamation en rouge précédant le mot Esclusivo.

Lorsque nous contactons l'agence pour lui demander si la photo est à vendre, et à quel prix, ils nous répondent : « Si vous n'êtes pas basé en Italie, merci de contacter Bestimage. »

Depuis dix ans, la presse people a changé de visage, constate un comédien très connu. Il n'y a presque plus de paparazzades. Les people font-ils moins de frasques ? Non. Ils attaquent plus ? Oui. Mais ce n'est pas la seule raison. La porosité des milieux aidant, ceux qui les traquaient sont devenus leurs alliés. On ne fait plus tant des scoops que d'interminables feuilletons dont le plus long est celui de Johnny. Il y a eu la lutte contre la maladie, le décès, l'enterrement grandiose. Il y a maintenant la cruelle querelle d'héritage, la sortie de l'album posthume et la façon – totalement fantasmée – dont Laeticia vit son deuil, comment elle se remet et comment elle s'effondre, comment elle trouve soutien auprès de ses amies ou de l'ancien manager de Johnny, comment elle s'occupe de ses filles, comment elle retrouve le bonheur grâce à Patrick Bruel ainsi que le titrait encore *Oops* au cœur de l'été 2018.

En récupérant le fond de l'agence Angeli, Mimi a mis la main sur un trésor : presque vingt ans de photos intimes du chanteur, en plus des paparazzades récurrentes depuis les années 1960. Elle s'est rapprochée de Laeticia et s'occupe (de manière non exclusive mais active) de la communication du couple – ça nous rappelle quelque chose. Cette position privilégiée lui permet d'être parfaitement informée de tout ce qui se passe et de jouer sur les deux tableaux. Un photographe nous raconte que pendant la maladie de Johnny, elle est à Marnes-la-Coquette et se montre aussi consolante que possible. Lorsque son état s'aggrave, elle a la primeur de l'information et, tout en montrant patte blanche, elle commande une image à un paparazzi qui parviendra à prendre une photo de Laeticia Hallyday serrant contre elle son blouson, la main sur la bouche, suivant la civière sur laquelle des ambulanciers emmènent son mari. L'image, pixellisée par le grossissement, est prise de l'extérieur de la propriété. On distingue des feuilles entre l'objectif et la cible.

« Impossible, tonne un photographe. À cette époque, Mimi était en froid avec Laeticia, elles ne se sont réconciliées qu'à l'enterrement. Pendant la maladie de Johnny, elle avait placé ses photographes sur les routes menant à Marnes-la-Coquette, pour essayer d'avoir des infos, comme toutes les agences. Et puis, je crois pas qu'elle aurait fait ça. Ou alors si ? » hésite-t-il dans un rire. « Non, elle aurait pas fait ça », affirme-t-il après réflexion.

C'est toutefois un récit qui revient. Dans la guerre que se livrent les héritiers de Johnny, Mimi défend les intérêts de Laeticia. Ses photographes soignent donc les images de la veuve, toujours flatteuses. Mais en même temps, ils la paparazzent. C'est un jeu de dupes sans fin où l'on ne sait plus qui sait quoi, qui désire quoi, quels sont les intérêts des uns ou des autres, si ce n'est continuer de filer, sur différents supports, le langoureux récit où il ne se passe rien mais qu'on doit pourtant écrire.

En mars 2018, le fils de Johnny voit fleurir dans la presse des articles sur la fortune de son couple. David Hallyday est en effet marié à Alexandra, la fille de Michel Pastor, un homme d'affaires extrêmement riche décédé en 2014. Les papiers, souvent illustrés de photographies siglées Bestimage, visent tous à démontrer que David Hallyday, ayant fait un très beau mariage, n'a pas besoin de l'héritage de son père… Le 21 mars 2018, *Gala* titre : « David Hallyday : d'où vient la fortune de sa femme Alexandra ? » *Femme actuelle* évoque « la grande fortune de sa femme », *Voici* « l'immense fortune » d'Alexandra Pastor. C'en est trop pour le clan de David Hallyday qui mandate son avocate, Me Carine Piccio, pour adresser une missive salée aux éditeurs des magazines. La juriste écrit que ses clients « ont été alertés » de ce que Bestimage cherchait activement des rumeurs à Monaco « sur Madame Pastor et sa famille ». Le courrier, glacial, menace d'éventuelles poursuites juridiques. Mimi a-t-elle été mise au courant de cet échange entre avocats ? Toujours est-il que l'affaire n'ira pas plus loin. *Gala* choisit de supprimer purement et simplement les articles de son site Internet, une procédure rare et réservée aux cas d'urgence.

Lorsque Laeticia Hallyday décide de s'exprimer dans les médias, pour la première fois depuis la mort de Johnny, c'est sur le conseil de son ami Patrick Bruel. Les premières réactions officielles de la veuve de Johnny, ce serait bien sûr un beau coup. Mimi imagine les publier dans *Paris Match*. Mais Patrick Bruel a une autre idée. Il met Laeticia Hallyday en contact avec un de ses amis, Mathieu Laine, un discret consultant en stratégie qui a ses entrées au *Point*. Mathieu Laine, au téléphone, la convainc : peu importe le support, l'interview fera tellement de bruit qu'elle sera de toute façon reprise partout. *Le Point* apporte une image de sérieux qui l'entraîne loin du terrain people. C'est convenable, respectable, exactement ce dont elle a besoin pour l'instant.

Mimi, informée, essaie de se greffer sur la transaction. Elle propose un déjeuner à Mathieu Laine, le jauge – un peu vite –, conclut qu'elle n'en fera qu'une bouchée et commence par l'assurer qu'elle le trouve formidable et qu'elle a d'ailleurs dit le plus grand bien de lui à Laeticia. Mimi a rencontré Mathieu Laine pendant la campagne d'Emmanuel Macron, à laquelle il a participé, et se dit qu'entre admirateurs du « patron », comme elle l'appelle, ils devraient réussir à s'entendre. Peut-être la reine des paparazzis imagine-t-elle également se servir de Mathieu Laine, plus habitué à conseiller les patrons du CAC 40 qu'une épouse de chanteur, pour faire rempart entre Laeticia et deux professionnels qui entendent bien se tailler une part du gâteau : Anne Hommel, l'ancienne communicante de DSK que Mimi Marchand n'aime guère, et Olivier Labesse, de DGM Conseil. En parallèle, convaincue qu'elle emportera le morceau, Mimi s'affaire à monter l'interview avec *Paris Match*. Mais elle sous-estime la force de conviction de Mathieu Laine. *Paris Match*, craignant de voir le scoop lui échapper, se fâche et menace de changer de camp dans la guerre qui oppose Laeticia aux deux aînés de Johnny. Tout le monde fait mine de réfléchir.

Pendant ce temps, le directeur de la rédaction du *Point*, Sébastien Le Fol, prend son billet d'avion pour Los Angeles, où il doit retrouver Laeticia pour recueillir ses propos. Mathieu Laine réserve une place sur le même vol. Quelques instants plus tard, alors que Mathieu Laine a volontairement entretenu le flou sur les raisons de son voyage, il reçoit un texto de Mimi, qui espérait encore décrocher l'interview pour *Match*. Le SMS, désabusé, contient l'heure de départ de l'avion, le numéro du vol et... de leurs places. Mimi a une fois encore utilisé cette technique qu'elle réserve d'ordinaire aux célébrités et qui lui permet de placer des paparazzis dans les mêmes avions que ses proies, ou de faire en sorte qu'un photographe les attende tranquillement à l'aéroport d'arrivée. Est-ce que ça fait peur ? Un peu.

Le directeur de la rédaction du *Point*, n'ayant pas reçu son ESTA à temps, un formulaire indispensable pour voyager aux États-Unis, est contraint d'annuler son déplacement au dernier moment. Il est remplacé au pied levé par le directeur de la publication, Étienne Gernelle. Mais Mimi, apprenant que Sébastien Le Fol n'a pas décollé, croit Mathieu Laine parti seul. Ou décide en tout cas de le faire croire… Aussitôt, quelques proches démolissent publiquement l'interview. Cela nous vaudra une intéressante leçon de journalisme : sur le plateau de « Touche pas à mon poste », Cyril Hanouna et son invité, Bernard Montiel, un proche de Mimi et Brigitte Macron, s'insurgent que les propos de Laeticia n'aient pas été recueillis par un journaliste et qu'il s'agisse donc là d'une simple opération de com' – ce n'est pas le cas, ils sont mal informés : Étienne Gernelle s'est bien déplacé à Los Angeles pour interviewer la veuve du chanteur.

Cette fois, Mimi s'est fait doubler.

Une rue du Touquet, début du printemps. Mimi, à gauche de l'image, vêtue d'un blouson en soie à motifs colorés sur un pantalon blanc, lunettes de soleil et tout sourire, plaisante avec Brigitte Macron, en caban bleu roi. Derrière elles, un policier au maintien rigide, chargé de la sécurité, dont on aperçoit l'oreillette. Et à droite, un pas sur le côté, petites lunettes, légèrement bedonnant et chargé de sacs de courses, Alexandre Benalla.

Avril 2017, © Éric Feferberg / AFP

Une vidéo tourne sur les réseaux sociaux, d'abord relayée pour dénoncer les violences policières avant que quelqu'un ne reconnaisse, sous l'épaisse visière d'un casque de police, le poing levé, Alexandre Benalla, chargé de mission à l'Élysée. Jusqu'ici, Alexandre Benalla était surtout connu pour figurer à l'arrière-plan de milliers d'images prises par des photographes de presse depuis l'année 2011, date à laquelle il assurait la sécurité de

Martine Aubry, candidate à la primaire socialiste. En juillet dernier, un article du *Monde* signé Ariane Chemin dénonce les violences sur des manifestants de ce jeune homme qui ne fait pas partie des rangs de la police et l'affaire commence, scandale d'État ou tempête dans un verre d'eau. Ce que raconte le parcours d'un jeune homme comme Alexandre Benalla, au-delà de son histoire individuelle qui finalement intéresse peu, c'est le fonctionnement de nos institutions – ou peut-être leur dysfonctionnement. Elle illustre en tout cas le fait qu'un jeune homme de vingt-six ans sans fonction bien définie n'a qu'à décrocher son téléphone et dire « allô, c'est l'Élysée » pour que des commissaires de police au sommet de leur carrière lui accordent passe-droits et privilèges. Comme toujours, ce n'est pas tant la faute elle-même que les réactions du pouvoir pour la couvrir qui constituent le plus grand intérêt de la chose. Et, en ce qui nous concerne, le rôle qu'y joue Mimi.

La meilleure preuve de son positionnement est que sur le site Agences on line, un portail qui regroupe plusieurs agences de news, on trouvait, quelques jours après les faits, deux mille quarante-huit photos en réponse à la recherche « Benalla », mais aucune si on ajoutait à la recherche le critère « Bestimage ». Ainsi, l'agence que beaucoup décrivent comme la meilleure agence de presse politique, qui talonne Macron depuis le début de sa campagne, n'aurait aucune image de Benalla à vendre. Les agences de presse sont des entreprises commerciales comme les autres, il faut qu'elles vendent. Dès le début de l'affaire, tous les iconographes ont été inspecter le fond de leurs archives pour retrouver les images où il apparaissait et les légender en conséquence. La question se pose de savoir pour quelle raison Bestimage ne veut pas vendre de photos du jeune homme, dont elle a, évidemment, des centaines de prises de vue. Par amitié ? On a vu que ce n'était pas toujours suffisant pour retenir Mimi. Alors pourquoi ne vend-elle pas de photos du jeune chargé de mission, si ce n'est parce qu'elle est en opération commando pour l'Élysée ?

Neuf jours après la parution du papier d'Ariane Chemin, Alexandre Benalla accorde sa première interview au *Monde*. Il a refusé de parler à la journaliste « qui a gâché sa vie » mais accepte de rencontrer ses confrères. Les journalistes, Davet et Lhomme, auteurs du livre d'entretiens avec François Hollande intitulé *Un président ne devrait pas dire ça*, commencent par situer les conditions de l'entretien dont ils précisent qu'il s'est déroulé à Paris, « mercredi 25 juillet, au domicile de Marc Francelet », qu'ils décrivent pudiquement comme « un ancien journaliste reconverti dans les affaires qui se présente aujourd'hui comme "communicant". Lors de la séance photo, réalisée en fin de journée, est apparue Michèle Marchand, figure de la presse people et très proche du couple Macron. Preuve que, dans la tempête, M. Benalla n'est pas un homme seul ».

Plusieurs sources nous ont pourtant affirmé que Mimi a présidé à l'organisation même de la rencontre. Les différents acteurs, en tout cas, se connaissent bien :

Xavier Niel, à qui appartient *Le Monde*, est un proche de Mimi, nous l'avons vu. Marc Francelet est le « jumeau de Mimi », comme il le dit lui-même (« on est nés le même jour, la même année, à la même heure ! Enfin, peut-être pas à la même heure, mais le même jour de la même année », nous dit-il au téléphone, tandis que Mimi le décrit dans la presse comme « un ami de quarante ans »). Ils ont souvent collaboré. Entre octobre 2005 et septembre 2007, par exemple, Marc Francelet a perçu 55 000 euros de People Presse en échange d'informations sur des personnalités. Il a notamment à son actif une condamnation pour avoir détourné plusieurs dizaines de milliers d'euros d'Assedic en cinq ans. Il a aussi été l'« attaché de presse » du gang Zemmour et « n'a jamais cessé de côtoyer le grand banditisme comme le goéland suit le sardinier », ainsi que le décrit sur son blog Jacques-Marie Bourget, un ancien ami.

Accorder cette première interview chez un tel personnage est, pour Alexandre Benalla, la meilleure manière de dynamiter ce qui aurait pu lui tenir lieu de défense : il ne serait qu'un jeune homme issu d'un milieu populaire, arrivé à toute vitesse à une position de pouvoir, un peu dépassé par les événements – et qui manquerait de self-control. On comprend désormais qu'il est parfaitement au fait des petits arrangements entre gens bien informés.

Le troisième personnage de l'interview est donc Alexandre Benalla lui-même, avec qui Mimi travaillait en étroite proximité. Lorsque Alexis Kohler, auditionné devant le Sénat, affirme que les fonctions de Benalla n'étaient pas d'assurer la sécurité du président, il dit la vérité : Alexandre Benalla était là pour huiler les rouages entre la vie de famille et les fonctions d'Emmanuel Macron. Selon François Hollande, étant responsable des déplacements privés du couple, il était nécessairement en lien étroit avec les photographes, « pour les éviter ou les introduire ». C'est le cas depuis le début.

Au commencement de la campagne, Mimi a d'ailleurs été consultée sur le choix d'un candidat pour assurer la sécurité d'Emmanuel Macron. Elle propose le nom de Philippe Féval, l'ancien numéro deux de la brigade de répression du banditisme parisienne, déjà croisé dans ces pages, qu'elle a connu au Cirque et revu autour de l'histoire des photos de Rachida Dati et Henri Proglio. Philippe Féval est un grand flic mais son passé rend problématique son recrutement. Son nom n'est pas retenu. Alexandre Benalla, jeune et débrouillard comme il se décrit lui-même, ayant déjà une expérience de la sécurité en politique et recommandé par Ludovic Chaker, est choisi. La personnalité de ce dernier nous intéresse aujourd'hui. Selon Ariane Chemin, cet ex-secrétaire général d'En Marche occupe, comme Alexandre Benalla, et comme Mimi d'une certaine façon, un poste clé mais flou. « Chargé de mission auprès du chef d'état-major particulier » du président, il s'occupe de questions liées au renseignement et au terrorisme et supervisait, avec Alexandre Benalla, la réforme du dispositif de la sécurité de l'Élysée visant à mettre en place une structure qui ne répondrait qu'aux ordres du chef de l'État.

Alexandre Benalla, d'abord bénévole puis salarié du mouvement, et Mimi marchent main dans la main. Lorsqu'un photographe demande à Mimi de pouvoir suivre la campagne, elle lui répond par exemple : « Tu ne t'entendras pas avec Alexandre. » Le jeune homme parle régulièrement à certains journalistes. Emmanuel Macron, très méfiant, incite son entourage à refuser de divulguer la moindre information, mais il a fait entrer dans sa sphère privée quelqu'un qui va rapidement nouer des liens privilégiés avec des journalistes et devenir un des rares relais de la presse à l'intérieur de l'Élysée.

À l'été 2017, le couple Macron est en villégiature à Marseille. Thibaut Daliphard, photographe de l'agence E-press, qui passe, comme beaucoup de paparazzis, la saison d'été sur la Côte d'Azur ou à Saint-Barthélemy, et qui s'est frotté plus d'une fois à Mimi, décide de les suivre, tout en sachant que l'accès sera très verrouillé, Bestimage étant, ce premier été de la présidence, en situation de monopole. Le lieu de résidence du couple est connu, le jeune photographe s'installe en face, sur son scooter, attendant une sortie. Il n'est pas déçu. L'apercevant à plusieurs reprises, Emmanuel Macron, fou de rage, lui fonce dessus et crie : « Pour moi, votre métier c'est pas un métier. Ce que vous faites, c'est du harcèlement. » Il appelle sa sécurité. Arrive Alexandre Benalla, qui lui signifie qu'il va être mis en garde à vue. Très vite, les hommes du commissariat du 8e arrondissement de Marseille arrivent et l'embarquent, manifestement pas enchantés de mettre en garde à vue un photographe qui faisait son travail. Juste avant qu'il ne monte dans le fourgon, Alexandre Benalla, qui est au téléphone, l'interpelle :

— Vous travaillez avec Sébastien Valente ?

Sébastien Valente, on l'a vu plus haut, a été le photographe de Nicolas Sarkozy, et Macron, qui aimait son style, avait un temps penser s'assurer ses services, avant que Mimi n'y mette bon ordre.

— Vous le connaissez ? demande Daliphard.

— On m'en a parlé, répond Alexandre Benalla.

Au nom du président de la République qui ne peut pas porter plainte contre un simple citoyen, le préfet du département assigne Daliphard en justice, au motif qu'il aurait pénétré dans la propriété du président. Le jeune homme soupire : « Je ne suis pas fou, on n'entre pas par effraction chez le président de la République, pas plus à Marseille qu'à l'Élysée ou Brégançon... » La procédure sera classée sans suite pour « absence d'infraction ». Emmanuel Macron affirme avoir lui-même fait retirer sa plainte.

Durant l'été, de nombreuses histoires vont ressortir de journalistes écartés sans ménagement, comme ce preneur d'images de LCI saisi à bras-le-corps et tiré sur plusieurs mètres, ou encore le récit d'un déplacement présidentiel à Taormine, en Sicile, où Alexandre Benalla s'était arrangé, à la demande de Mimi, pour que le paparazzi Sébastien Valiela soit le seul dans l'avion présidentiel. Mimi et Benalla prospèrent tous les deux à cheval entre les fonctions présidentielles qui relèvent de règles et d'usages bien ancrés, et le domaine privé, qui échappe à la législation.

Le premier photographe prévu pour illustrer l'entretien de Benalla au *Monde* était Bruno Mouron – à qui Marc Francelet fournit depuis des années des informations moyennant rémunération. Mais Mimi a mis son veto. Lorsque l'interview se déroule, de 11 heures à 14 h 30, aucun photographe n'est donc encore en commande. C'est finalement un membre de l'agence indépendante Myop qui est appelé en début d'après-midi. Lorsqu'il arrive chez Marc Francelet, il trouve Mimi : Alexandre Benalla est retenu par la police qui perquisitionne son bureau. Il n'arrivera qu'à 21 heures pour la photo.

Après la parution de l'article du *Monde*, nous apprenons à Marc Francelet que Mimi est mentionnée dans le chapô. Il commence par nier et prétendre que c'est un mensonge destiné à faire croire que ça vient de l'Élysée. Puis, devant l'évidence, et après avoir passé un coup de téléphone – à Mimi devine-t-on –, il reconnaît qu'elle était là et que, c'est vrai, elle est proche de Benalla, mais que c'est une immense coïncidence, elle était venue pour voir sa femme. Les auteurs de l'interview auraient fait un coup journalistique en mentionnant son nom afin de donner l'impression que l'Élysée était derrière. De son côté, Mimi se fend de plusieurs démentis officiels et assure qu'elle n'est pas en mission et qu'il n'y a rien à décrypter derrière sa présence.

Lorsque nous joignons Mimi par téléphone pour évoquer le déroulé de l'interview, elle paraît furieuse, affirme que le photographe, qui est au comité de liaison de l'Élysée (il n'y est pas), a un contentieux avec elle et la déteste, qu'elle n'est passée que par hasard au moment de la séance photo « et vlan ». Elle nous fait suivre le texto qu'elle a adressé au *Monde* :

« Rebonjour, je viens de parler avec Marc Francelet, j apprends donc qu'il y aurait un papier qui se prépare pour votre journal, ceci ne me regarde pas et ne me concerne en rien. Je suis passée voir mon ami Marc (que je connais depuis 40 ans) et son épouse pour gérer un problème de location de vacances, sur le plan personnel.

J ai effectivement vu votre photographe qui attendait ALEXANDRE Benalla, et j ai appris que des photos allaient se faire pour votre journal ??!! ALEXANDRE Benalla est arrivé après moi, j ai suggéré alors que ces photos devaient rester la propriété du Monde, un avis professionnel de droit à l image pour éviter que ses photos se retrouvent partout, sur n importe quel support. Je suis partie 10' après et n ai assisté à rien et cela ne me concerne en rien. Vous connaissez mieux que moi les rapports que Marc Francelet entretient avec les journalistes du Monde.

J ai compris votre interrogation mais évitons tout amalgame ou tout raccourci « facile ». Concernant mes rapports avec l Elysee ils sont devenus (merci aux articles sortis à mon sujet…) très lointains de ceux qui sont colportés. Depuis le papier du Canard enchaine (2 mois) je n ai eu qu un seul rdv avec les collaborateurs de BM, et aucun rdv du jeudi n est actuellement prévu. C était comme je l ai déjà dit des RV informels de « décryptage » de la presse et rien d autre.

bonne journée »

Le Monde, qui avait passé une commande normale avec un embargo d'une semaine après la parution de l'image, a finalement augmenté le montant de la pige pour garder l'exclusivité de la photo, suivant en cela l'avis tout à fait désintéressé de Mimi.

Le service de presse de l'Élysée, que nous interrogeons sur la présence de Mimi, nous envoie ce SMS :

« Madame Marchand n'est pas rémunérée par l'Elysee. Je ne maîtrise donc pas son activité. Au aucun cas nous ne l'avons missionnée auprès de M. Benalla. Au aucun cas n'avons participé d'une quelconque manière à la réalisation de cette interview, ni ne l'avons relue.

Cordialement,

Sibeth »

Pour certains, la présence de Mimi est donc le signe que Brigitte Macron continue de soutenir Alexandre Benalla. D'autres interprétations sont également possibles : Mimi fait cavalier seul et signifie au couple Macron, qui prend peu à peu ses distances avec leur sulfureuse conseillère en matière de presse, qu'elle est bien là, encore et toujours, au cœur du système. Moins elle a de pouvoir réel, plus elle l'affiche. Elle fait la preuve de son entregent, tout en prétendant regretter d'apparaître et en niant avoir joué le moindre rôle. Dernière hypothèse, elle dit vrai.

Alors qu'elle avait longtemps su résister à l'attrait qu'exerce sur elle la lumière, elle est à son tour entrée dans le champ. Elle apparaît dans les articles, son surnom est sur toutes les lèvres, et lorsqu'on fait une recherche d'images sur Internet, des pages et des pages apparaissent – ce n'était pas le cas il y a six mois encore. Mimi est aujourd'hui dans le cadre.

Comme ces histoires-là se terminent souvent bien, Alexandre Benalla aurait retrouvé rapidement un emploi et aurait quitté Issy-les-Moulineaux pour s'installer à Paris. Il serait chargé de la sécurité d'une personnalité de la téléréalité, Ayem Nour, ou plus particulièrement de celle du fils qu'elle a eu avec Vincent Miclet, un homme d'affaires qui a fait fortune dans le pétrole avec sa société PetroPlus Overseas, comme Marc Francelet, un de ses voisins... C'est ce dernier qui aurait présenté les deux hommes. Autour de Mimi, tout est circulaire. Rien ne se perd, tout se recycle, se transforme, et prospère. On se repasse les avocats comme les gardes du corps et il faudrait une véritable carte du tendre pour figurer les liens qui courent entre tous ces personnages. Seule certitude : Mimi en connaît le moindre embranchement.

Devant la commission d'enquête du Sénat, le 19 septembre 2018, Alexandre Benalla a pourtant démenti assurer la protection d'Ayem Nour : « Je ne suis pas tombé aussi bas », a-t-il déclaré, avant de préciser qu'il s'est inscrit à Pôle Emploi.

En même temps qu'elle assure la gestion de crise de l'affaire Benalla – ou ne l'assure pas mais y fait de la figuration par le plus grand des hasards –, Mimi est sur le pont jour et nuit et continue de gérer en grande professionnelle son petit business : elle est retournée à ses amours de l'ancien monde et a fait la une de *Paris Match* avec le couple Sarkozy-Bruni.

D'après un article publié dans *Vanity Fair* en avril 2017, Carla Bruni avait envoyé un SMS à Mimi qui venait de rallier la campagne de Macron : « Je suis ravie que Brigitte te fasse confiance. Moi, du coup, un peu moins. À la prochaine révolution, tu retournes ton pantalon ? » Chez les people, les rancunes s'oublient vite.

Mimi s'affaire, elle couvre les mariages de l'été comme les crises politiques. Si l'on sait lire entre les lignes, derrière les images et les copyrights, dans les ours des magazines, on peut voir se dessiner ces zones en marge du pouvoir où s'épanouissent, à la manière des fleurs vénéneuses, les destinées chaotiques comme la sienne.

Été 2018. Brigitte Macron a un maillot de bain à fleurs blanches et bleues comme sur la couverture de *Paris Match* pendant la campagne, mais cette fois c'est *Voici* qui consacre sa couverture et deux doubles pages intérieures aux vacances présidentielles au fort de Brégançon. Les Macron sont en famille, font du jet-ski sur l'engin de la police maritime, avec des gardes du corps – mais pas Benalla –, exhibent des ventres plats, et ont l'air de bien s'amuser. Les photos ne sont pas signées : c'est une vraie paparazzade. Aucun policier n'a repéré le photographe embusqué. Mimi n'aura vent de l'existence de ces images que la veille de leur publication.

Sur le site de Bestimage, des dizaines d'autres clichés des vacances d'Emmanuel Macron, moins amusantes, sont disponibles à la vente.

Au crépuscule, la cuisine d'un appartement haussmannien. Ou d'un bel immeuble moderne avec des balcons et des stores rayés, dans le 8ᵉ, ou le 16ᵉ, à Neuilly peut-être. Un couple d'un certain âge partage un morceau de fromage et un verre de vin. La femme vient de rentrer du travail, elle a déjà rouvert son ordinateur portable. Ou son poste fixe, dans le salon. L'homme est silencieux. Une radio allumée retransmet un match de foot. Ou bien c'est la télé, qui diffuse une chaîne de sport.

Le téléphone de la femme vibre à chaque fois qu'elle reçoit un message, mais ce n'est jamais celui qu'elle attend avec une inquiétude dont elle est coutumière : l'invitation à la garden-party de l'Élysée ; à la fête donnée en l'honneur de l'équipe de France de football par la présidence de la République ; à l'anniversaire du directeur de cabinet de la première dame ; ou simplement une réponse à un petit mot gentil illustré de smileys qu'elle a envoyé tout à l'heure. N'importe quel signe qu'elle est toujours des leurs.

C'est une image que nous ne verrons jamais parce qu'elle n'existe pas : Mimi qui espère. Mimi désemparée parce qu'il ne suffit pas de connaître tous les numéros de téléphone, de ruser en appelant en numéro caché, d'être insensible aux rebuffades et aux vexations, capable d'intriguer pour obtenir ce qu'on désire, de trouver à qui demander une intervention. Ici, il s'agit d'autre chose : d'amour. Et de solitude.

Mimi est un personnage balzacien dont le parcours, mieux que tout autre, raconte notre époque et ses basses-fosses. Elle est une héroïne de *Splendeurs et misères des courtisanes* dans sa jeunesse mal connue, dans ses boîtes de nuit où de jeunes ambitieuses séduisaient les puissants du jour : des footballeurs, par exemple, ou des hommes d'affaires. Elle intrigue dans les *Illusions perdues* et prospère sur le cynisme de la presse, prête à pactiser, à aduler et à détruire dans un même mouvement. Elle est la tentatrice. Dans ses peaux successives, au fil de ses mues, Mimi incarne notre monde et l'habite tout entier. Elle en est le révélateur : elle fait apparaître les images comme dans une chambre noire. Par son action corrosive, elle nous montre ce qu'on ne savait pas voir, accentuant les contrastes, elle dévoile ce qui devait rester dans l'ombre.

Tout au long de notre travail a régné un climat léger de paranoïa, parce que les ingrédients d'un film noir étaient réunis : nous évoquions le pouvoir, les pratiques d'une certaine presse, le grand banditisme, le monde de la nuit, les paparazzis… La plupart des gens que nous avons rencontrés n'ont pas souhaité que nous écrivions leur nom. Très nombreux sont ceux qui ont refusé de nous répondre. On nous a beaucoup dit de nous méfier : nos conversations peuvent être écoutées, nos ordinateurs piratés, notre manuscrit volé. Des éléments de l'enquête fuitent en effet, des informations sont dévoilées sans qu'on sache toujours comment. Nous prenons l'habitude d'effacer nos messages sur WhatsApp ; nous avons une adresse email dont nous trois sommes seuls à avoir les codes et dont nous ne nous servons que comme boîte de stockage – sans flux, il est plus difficile d'intercepter les échanges ; nous imprimons le manuscrit et l'adressons par la poste à notre éditeur, dont les enfants voient avec intérêt le facteur arriver au cœur de l'été – qui poste encore des versions papier quand il suffit d'appuyer sur un bouton ? Lorsqu'ils apprennent que le papier est plus sûr, ils sont immédiatement fascinés.

En août, l'un de nous est cambriolé alors que sa femme vient de s'absenter de l'appartement. Dérangés par une voisine, les intrus repartent sans avoir rien dérobé.

Nous avons passé des jours à surfer sur les sites d'actu, sur les blogs, sur les banques d'images, sur les forums où tout se discute. Nous avons cherché les copyrights, inspecté les ours des journaux. Nous avons consulté les archives de *Voici* à son heure de gloire, assis entre les chercheurs studieux de la grande bibliothèque François Mitterrand.

Comme l'exige la vie de Mimi, ce travail nous a menés d'univers en univers et surtout dans les interstices, dans les rouages obscurs où se terrent les secrets et où se négocient les alliances qui les préservent. Dans le ventre cliquetant de la machine.

Mimi est partout, elle est la passeuse. Elle sait franchir les frontières invisibles qui séparent la société en strates imperméables les unes aux autres. Elle glisse de l'une à l'autre. Intuitive. Habile. Adaptable, encore une fois. Elle est celle que vous voulez qu'elle soit. À une figure d'autorité – un juge, un président –, elle s'adressera comme il se doit ; les voyous croiront qu'elle est des leurs ; les médias avoueront à regret qu'elle est leur meilleure spécialiste ; les paparazzis qu'elle est comme eux : redoutable ; les stars qu'elle les comprend ; les puissants qu'elle saura les servir… On pourrait continuer cette liste, on la terminerait en disant que pour nous, public captif, exigeant, avide, même, elle est notre dealeur. Mimi nous apporte ce que nous attendons. Elle nous sert et nous frustre tour à tour, nous embobine, se fout de notre gueule, nous ment, nous scandalise puis nous console, mêlant îles paradisiaques, familles heureuses, corps superbes et mariages princiers à une poignée de scandales et de compromissions. Nous cliquons sur les images qu'elle nous propose, nous ouvrons les diaporamas, les agrandissons, nous regardons défiler sur nos écrans les photos que produisent les soldats de Mimi. Bientôt, les noms de toutes ces célébrités se seront effacés, comme celui de Mimi, qui n'était d'ailleurs pas destiné à être connu du grand public mais seulement des initiés. Il restera ces images qui tournent, passent et se succèdent, ces images qui racontent notre monde, scintillantes en surface, alourdies de notre imaginaire, de nos fantasmes et de secrets que Mimi révélera – ou pas.

Cet ouvrage a été imprimé par
CPI BRODARD ET TAUPIN
pour le compte des Éditions Grasset
en octobre 2018

Mise en pages Nord Compo

PAPIER À BASE DE
FIBRES CERTIFIÉES

Grasset s'engage pour
l'environnement en réduisant
l'empreinte carbone de ses livres.
Celle de cet exemplaire est de :
650 g éq. CO_2
Rendez-vous sur
www.grasset-durable.fr

N° d'édition : 20605 - N° d'impression : 3030738
Dépôt légal : octobre 2018
Imprimé en France